奶奶來了！

從陪伴到送別，我與奶奶的1825天交往日記

金孫（賴思豪）——文・攝影

作者序

我是這樣懷念妳的

嘿，是我，我是奶奶的金孫賴思豪。從沒有想過可以用「金孫」的身分完成這本書，更沒有想過會用這種方式來懷念奶奶。還記得在二〇一三年成立「奶奶來了」粉絲團的原因，只是因為朋友們喜歡看我和奶奶的互動，希望可以從中感受到自己缺乏或遺失的親情，我想了想，如果真能讓大家獲得些什麼，又何樂而不為呢？現在想起真是慶幸當時做了這個決定，讓我能從「奶奶來了」一路陪伴到「奶奶走了」，這段路真是不好受，以致這本書從編輯與我接觸到今日終於出版，已過了整整二年半的時間，又因為一直處在很低落的情緒中，直到近半年才正式動筆，實在很佩服編輯強大的心靈（笑）。

這本書共分為四章，我是倒著完成的，因為想要從最靠近、最想念的部分開始寫，而這過程竟意外產生了新的感受，彷彿一堂心靈療程，不斷治癒著每個過程的快樂和難過，就像跨年的煙火，隨著倒數的聲音「五、四、三、二、一」，黑色的夜空開始綻放著各式各樣的煙火，閃亮又耀眼，然後消逝。直到消逝後你才發現，不管好的壞的，得到的總是這麼多。

奶奶以前常常對我說，她老了沒有用，總要人陪著，給我們添了許多麻煩。她不知道的是我們都是互相陪伴對方的人，她不知道的是她給予我的是那麼那麼多，如果她能聽到這句告白，不知道又會冒出什麼可愛的反應？

希望這本書也能陪著你們，也能給予你們這麼多，因為我是這樣懷念奶奶的。

目次

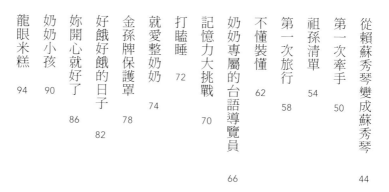

第三章

巨變

第一章 相遇

「為什麼奶奶是奶奶？」

「奶奶是生育爸爸的人啊。

就像爸媽生育你一樣。」

「那她很老囉？」

「奶奶年紀比較大啊。」

「比較大是多大啊？很老嗎？」

「我也不知道。」

「你為什麼不知道啊？」

「你、不、要、再、問、了！」

一輩子的標籤

我在家中排行老么，上面有爺爺、奶奶、爸爸、媽媽還有二個哥哥。

從有記憶以來，家人就告訴我用這些「名稱」稱呼他們，每當我對這些名稱提出疑問時，就會得到以下的官方回答：爸爸、媽媽，生育你的人；大哥，爸媽的大兒子。

這就好像標籤一樣，大家各自被貼上「爸爸」、「兒子」、「弟弟」各種標籤，一貼上就是一輩子，再也不用思考了。每天在家就是和他們一起吃飯、睡覺、玩樂，從陌生到熟稔，他們漸漸成為我的世界。

金孫爸自己開公司當老闆，常常有很多廠商來找他談合作，他們關著門在辦公室抽著煙聊正事，有時偷閒玩象棋，雖然關著門總還是能聽到他的聲音。他是個不苟言笑的父親，有時候我會害怕和他說話；金孫媽每天忙裡忙外，下班之後還要洗衣煮飯、照顧家人，盯我們的課業，我最喜歡牽她的手去菜市場玩；兩個哥哥一個大我三歲，一個大我兩歲，個性大不相同，唯一的共通點大概是——不怎麼愛理我；爺爺奶奶年紀有點大，但好像也沒有很老，因為他們還是常常出門溜躂，早上去公園走走，有時跟團去進香，我調皮搗蛋的時候還可以追著我打，所以他們到底多老我也不知道。

還記得有一次跟金孫媽去菜市場時，曾經向她問過奶奶的事。

「為什麼奶奶是奶奶？」

「奶奶是生育爸爸的人啊。就像爸媽生育你一樣。」

「那她很老囉？」

「奶奶年紀比較大啊。」

「比較大是多大啊？很老嗎？」

「我也不知道。」

「你為什麼不知道啊？」

「你、不、要、再、問、了！」

探索世界被阻止了。

開始上學後，覺得和自己同年齡的朋友更好玩，所以貼在他們跟我身上的標籤就更加理所當然，彷彿再也不需要知道「他們是誰」，反正他們就是從你出生就存在、你開心不開心都不會改變、想甩也甩不掉的永久印記。

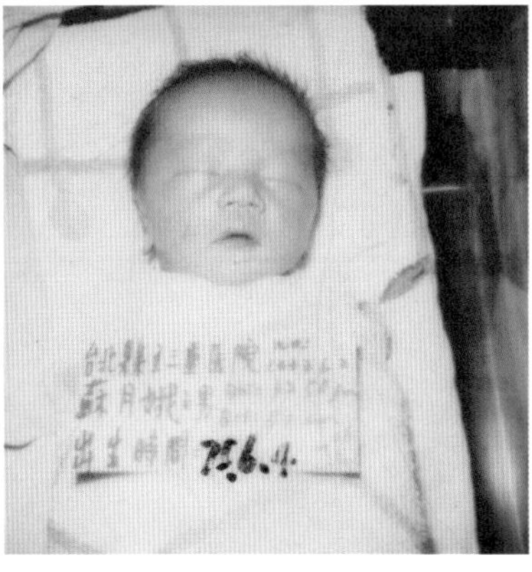
75.6.4

咱祖孫

自有記憶以來，金孫爸媽便在四樓經營成衣廠，四樓的空房都給工人住，我和哥哥就在五樓和爺爺奶奶一起住，但我一住成主顧，和爺爺奶奶一路住到國小三年級。每天都是奶奶叫我起床，刷牙洗臉後吃奶奶煮的白粥，配菜是永遠的三寶：脆瓜、醬油A菜，還有很鹹很鹹的魩仔魚炒花生。不知道為什麼，奶奶煮的東西總是超級鹹，每次挾一口菜，都要多吃好幾口粥。但奶奶卻還會在白粥裡加醬油，有次好奇跟著加了之後，整碗粥都直接推給奶奶吃了。

念幼稚園時都是爺爺騎腳踏車載我上下學，但爺爺有一顆大肚子，而我小小年紀只有短短的手，坐在後面老抱不住，只能緊拉著腳踏車座墊搖搖晃晃地上課，再搖搖晃晃地回家。回到家就和爺爺奶奶一起睡午覺，起床正好看卡通，四、五點時他們會去頂樓澆花，奶奶澆花前，都會去廁所拿收集了一整天的尿桶，她總說這是天然的肥料，「很營養很棒」，但對我來說，只有「好噁心好臭」，每次都躲得遠遠的。趁著爺爺奶奶去頂樓，沒人和我搶電視時，我便能開心恣意看卡通，〈魔動王〉、〈超魔英雄傳〉、〈七龍珠〉、〈灌籃高手〉等都是那時候的最愛，也是一整天最開心的時刻。傍晚再陪奶奶一起看歌仔戲，看完下樓全家人一起吃晚餐，這是童年時光最熟悉的每日行程。

然而，也因為總是和爺爺奶奶一起生活，他們對待孫子輩是比較寬（ㄋㄧˋ）容（ㄞˋ）的，不會管教我，當然也不會以一般兒童的成長歷程來約束我，記得直到國小三年級時，我都還是會尿床……所以，每天睡前奶奶都會幫我包尿布。現在回想起來不免覺得好氣又好笑，如果我就這樣一路毫無約束地長大呢？現在會不會長歪？但那時候完全不覺得是個問題，反而覺得很有安全感，因為在我的世界裡根本不需要擔心這個，尿床奶奶會處理、蟑螂爺爺會撲殺、肚子餓了翻開抽屜就有食物，有時連在衣服堆裡也可以翻到糖果餅乾；想睡就睡，反正醒來張開眼，人就在床上了，我曾經想過，可能連天塌下來我也不會察覺，因為爺爺奶奶會幫我撐著。

奶奶的「老家」

有次奶奶說要去苗栗，我問她為什麼要去，她說「回老家和妹妹見面」。這句話在我小小的腦袋停留了一會，我想了老半天，一直不知道為什麼她要回「老家」，這裡不就是她的家嗎？她總是坐在那張涼椅上，看著電視、聽著收音機，然後抖著腳打瞌睡；亂亂的抽屜裡有幾張紙條，上面總是六合彩號碼，這些號碼很多都是從我的作業簿或考卷上抄下來的，但不管有沒有中獎都不跟我說；我的床上有一半的空間都堆滿了她和爺爺的衣服，這樣滿滿的生活軌跡，為什麼她還有其他的家？難道奶奶和她的妹妹在外面還有一個家？怎麼想都不對，但也就這樣不明所以地和奶奶回老家了。

對我而言，
奶奶的人生是從當我奶奶開始的，
在此之前，我一無所知。

真的老了

從小小金孫長成大大金孫的過程中，有越來越多自己想要做的事，閒雜的時間也越來越少，也漸漸不去樓上找爺爺奶奶了。有時候上樓看看他們，也因為老人步調太慢、談話太無聊而待不住，三十分鐘不到就下樓做自己的事了。印象最深的是，大學填志願時，我刻意選了離家不算遠，但通學卻太遠的學校。十八歲，青春正猖狂的年紀，真的很想要脫離家中的束縛去外面看看，卻也因為第一次要一個人在外生活，難免有些緊張，對朋友們總是嬉鬧說很開心，心中卻不如言語上那般雀躍，捨不得離開家人，尤其是爺爺奶奶，所以搬離前的那幾天，我每天都特地上樓和他們聊聊天。

到了離開前一天，我一早就上樓陪爺爺奶奶聊天，並且在心中不斷告訴自己，無論多無聊、多沒勁，都不可以這麼快下樓，因為住校以後真不知道會多久才回家一次。只是聊不到十分鐘，我還是因為太無聊，不知不覺就睡著了。不知道睡了多久，醒來後發現奶奶也睡著了，我幫他蓋了件薄外套後便先下樓繼續收拾行李，結果走到客廳，發現另一尊也在電視前打盹，爺爺睡得沉沒有發現我已經走到他面前，看著陽光照著他的臉，我第一次發現爺爺臉上的皺紋比記憶中更密集，眼袋也更深沉，看了好幾分鐘，那時候才第一次意識到他們兩人真的老了。

老化就像是一段不得不出發的旅程，不知道終點在何方、更不知道何時會抵達。

從那時候開始，每次回家我都會馬上衝上樓看看他們，下課沒事也會打電話和他們聊聊天，奶奶偶爾也會打電話給我，雖然次數不多，但閒話家常總讓我感覺很親近。只是方飛出牢籠的小鳥，終究還是嚮往自由的滋味，比起待在家中，我更享受和朋友的相處時光。

Pink Pig

迷航記

不知不覺讀完大學、當完兵，回到家中，找了第一份工作，不到三個月就被開除，再找了第二份工作，結果自己受不了離開。我自認不是爛草莓，只是一直以來對於人生沒有太多的想法，總是跟著家人安排的走，結果在開始要面對社會時，才開始發現自己根本不想走家人布好的路，只好重頭來過。於是離開第二家公司後，我便待在家裡休息一段時間，重新思考自己的未來。

爺爺自從在我高中時不慎摔倒後，行動都需要依賴拐杖來輔助，原本還能自己上下樓梯去附近公園走走，但後來身體漸漸老化，走不動了，只能坐輪椅。家裡是沒有電梯的老舊公寓，若沒有人幫忙攙扶，爺爺哪裡也去不了，等於是被關在家中，而奶奶也因為爺爺生病的關係，常常承受爺爺的情緒，兩老都不好受。後來申請了外籍看護減輕家人照護的壓力，也讓爺爺奶奶搬到附近一樓的房子，好讓他們能隨時出去走走，散散心。

這樣的生活維持了好一陣子，以為一切都是安好的，除了奶奶偶爾的晚歸，但總是有平安到家，所以家人沒有多想什麼。直到某次看護打電話來緊張地說：「奶奶出門很久了，還沒有回家。」我和金孫爸趕緊分頭騎車出去找人，在家附近繞了幾圈還是找不到，我停在路邊打電話和金孫爸聯繫時，正好被路過的警察聽到關鍵字，警察停下來和我確認身份及奶奶名字後，便帶我去找奶奶。

我跟著警察到了巷口前的一家早餐店，路程不到五分鐘，遠遠就看到奶奶坐在早餐店裡東張西望，臉上掛著做錯事的愧疚表情，相當緊張。我一下車便馬上跑到奶奶面前，奶奶看到我後，有點激動地開始解釋她找不到回家的路，是這家早餐店收留她的。

和早餐店老闆道謝後，我帶著奶奶走回家，一路上聽她的失蹤記事，看著她從原本很緊張的表情，慢慢舒緩下來，我終於稍稍放下了擔憂，只是只要一想到她隻身在外找不到路、不知道有多慌張的無助感，還是會感到心疼。這件事讓我隱隱開始感覺到奶奶的記憶力有點退化，但對於這樣的知識還不是很了解，也沒有太把這件事放在心上。

不要忘記

爺爺的身體漸漸衰老，清醒的時間越來越少，時常大病小痛地跑醫院，就這樣持續了好幾年。我和爺爺雖然親暱，但卻也不太會深入了解他的身體狀況，因為當時心中會覺得「這是爸媽應該要煩惱的事，不是我。」

某天一早到公司沒多久，接到金孫媽從醫院打來的電話，她告訴我：「爺爺快不行了，趕快來醫院吧！」我把工作告一個段落後，就緩緩移動到醫院去。是的，是緩緩的，這一路上不知怎麼形容這感覺，有點奇怪，因為這個人一直在我的生命中，但我卻不是很了解他，只知道他就是爸爸的爸爸，他到底是誰呢？走進病房，爺爺已經離開了，我看著所有人都紅著眼眶，但自己的情緒卻和這裡格格不入，正好護士進來請家屬去辦理死亡證明，我便趁這個機會離開了現場。

抽了一張號碼牌，等待的期間，還是無法感受到爺爺的離開是傷心的，但整個人空空的，直到辦理人員叫號，才又回到現實。辦理人員按照標準作業流程，漠然地和我要了資料，看他一張一張確認、然後敲打著鍵盤，我不知道哪來的想法，傻愣地問他：「死亡證明要幹嘛？」心中一面想著他每天不知道要回答這問題幾次，他頭也沒抬、冷靜地說：「表示在這個世界上，這個人已經消失了，而且經政府認證。」

這一句話忽然打開我所有的情緒，腦中跑出所有和爺爺的相處過程，我開始嚎啕大哭。原本冷靜的辦理人員被這戲劇化的哭聲嚇到，馬上抽了好幾張衛生紙給我，但我不想拿、我不想那麼快擦乾淚水，此刻我只想要認真地哭，因為哭對我來說太難了，我只想在這一刻，認真地哀悼爺爺的離開。等到哭完要離開時，醫院的社工人員還給了我一個大大的擁抱，希望我能節哀順變。

來到醫院樓下，大人們在和葬儀社人員討論後事的進行，爺爺被白布蓋住，放置在一個小房間裡，那個空間很小很小，只能容納三個人，每個進來的人，都待不到幾分鐘就哭著走了出去，我坐在爺爺的旁邊，看著那塊白布，忽然擔心以後會漸漸忘了他，於是我把白布掀開，看著爺爺因臥床多年而僵硬的身體，還有凹陷的臉頰，既熟悉又陌生，但這竟然讓我有點安心，因為這樣的畫面，讓我更加記住爺爺的樣子。

「晚安~晚安~」我小小聲地唱了魏如萱的〈晚安晚安〉，希望未來當我聽到這首歌時，能想起爺爺，不要輕易地忘記他，因為在我的成長過程中，他總是被我遺忘。

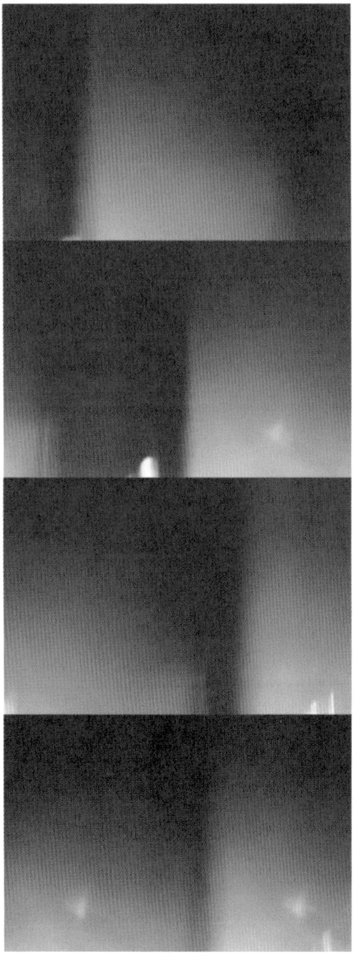

唱完〈晚安晚安〉後，
決定用這捲底片記錄全部過程，
但最後洗出來時，全部都曝光了，只剩下這張留著了。

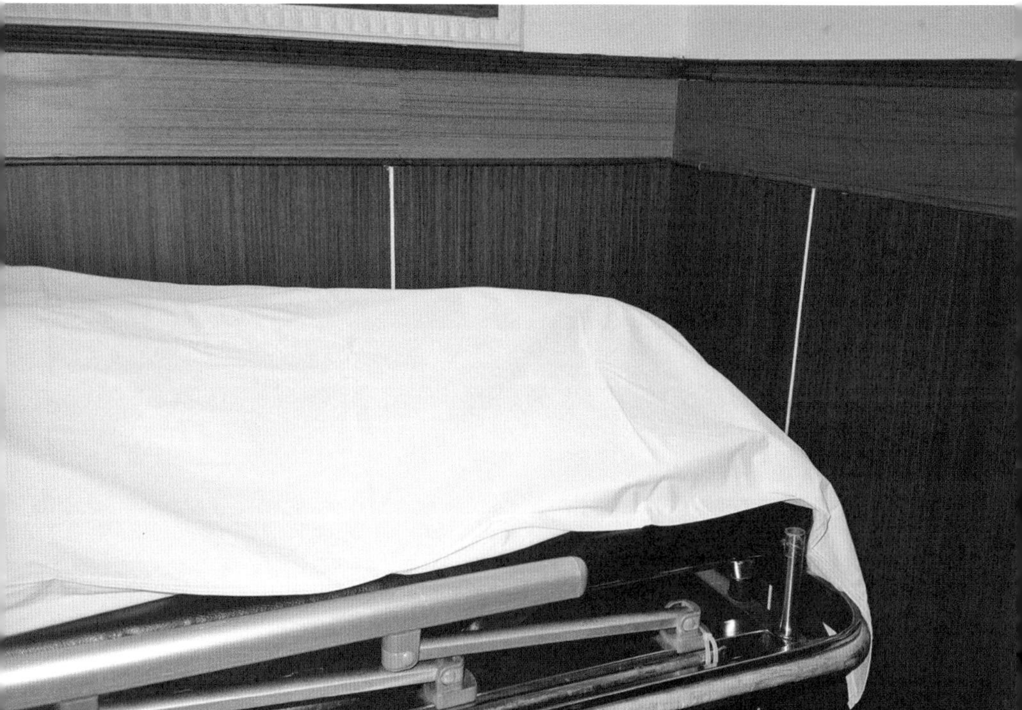

「晚安」
是極度親密、不能隨便說出的愛意！

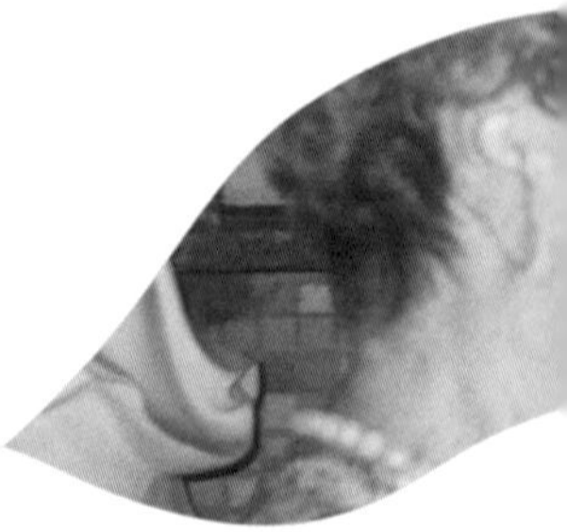

妳到底是誰

爺爺走後，奶奶沉默不語。原本爺爺奶奶住的地方，開始擺放靈堂、香、金紙等，大家輪流守靈，那時候只要下班，就會帶著奶奶去附近走走，剛開始不太敢亂聊，怕說錯話，所以常常和奶奶有一搭沒一搭的閒聊，大部分都是我分享今天的工作內容，奶奶偶爾笑笑，偶爾沒有回應。有時她的沉默會讓我非常緊張，卻不願意放棄，想要多陪陪她，因為爺爺已經離開，就剩下奶奶了。

這樣密切地相處幾天以後，慢慢恢復童年的熟悉，奶奶也開始多了一點笑容，會說說自己的事，那時候我總是順著她的話問，祖孫倆就像小團體一樣，每次我一到，所有親戚就會馬上叫奶奶站起來，跟我去走走，好像「走走」已經變成了我們的固定行程，這是長大後第一次覺得和奶奶這麼親密。

記得做完第二次「七」那天，按照慣例和奶奶出門走走，但奶奶那天相當沉默，不管我說了多少事，她都冷冷地回應，走沒多久，她就淡淡地說：「我想回去睡了。」

我想她大概累了，也不勉強她，回到家後奶奶一路走回房間，我跟在她屁股後還想陪她聊聊，但一陣尿急先去了廁所，結果沒過多久，聽到奶奶房間傳來痛哭聲。

我趕緊往奶奶房間走去，一進房看到奶奶側坐在床邊，上身趴在床上痛哭，口中不斷重覆叨念「他怎麼可以丟下我」、「為什麼他自己去享福了」。看著眼前這畫面，我既震撼又驚訝，從來沒有想過奶奶會有這樣的反應，她就像個女孩一樣的哭著。我內心開始產生了滿滿的好奇，開始想要探索小時候被貼上標籤的世界，想要認真了解這個人到底是誰。

奶奶，妳到底是誰啊？

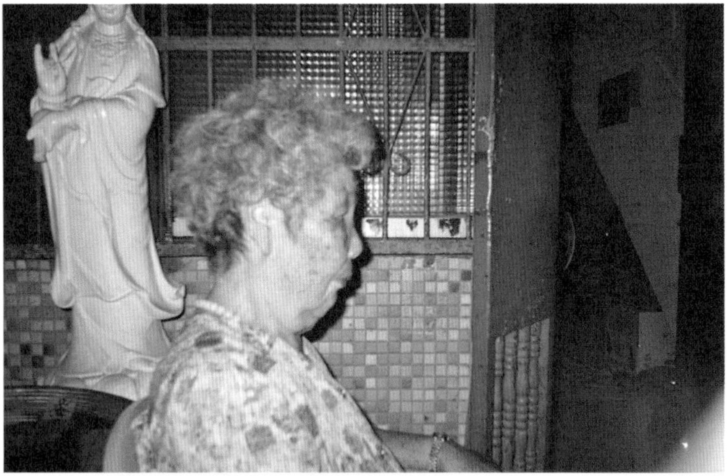

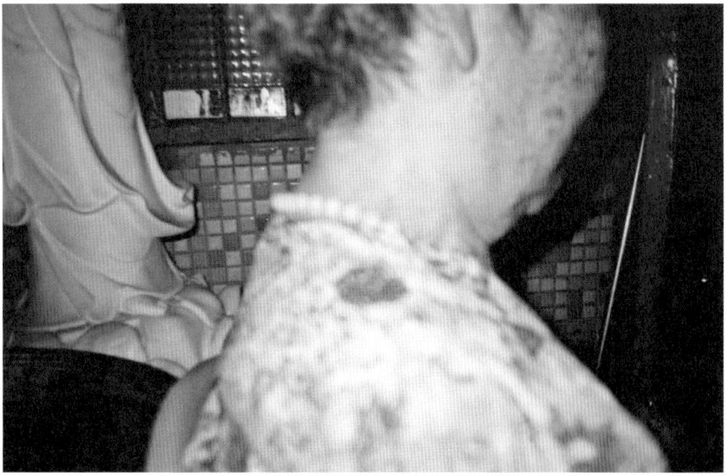

第二章 相識

皇天不負苦心人，
就在某天，
終於鼓起勇氣
順利牽到奶奶的手了（灑花）！
一路上還臉紅了好幾次，
想起來真的很荒唐，
比初戀還緊張呢！。

從賴蘇秀琴變成蘇秀琴

「賴蘇秀琴」這個名字是我初識奶奶時的名字，每次聽她對別人念出這四個字時，總是有滿滿的懷疑，因為知道這是冠夫姓的名字，不是最原本的她。而直到爺爺走後，我才開始想要詢問奶奶關於「蘇秀琴」的故事。

在爺爺過世後四十九天的喪禮祭拜時，每次下班有空，我會帶著奶奶出門走走，那是長大以後，第一次這麼頻繁地跟奶奶出門，那種似遠非近的感覺，有點像是小朋友一樣，好像只要笑一下，就可以化解雙方的尷尬。相對於平常總是點子王的我，面對奶奶時反而有點害羞，所以問話總是有一句沒一句的，但還是第一次聽到了「蘇秀琴」的故事。

蘇秀琴在家中排行老二，上面有一位哥哥，下面有三位妹妹和一位弟弟，小時候家裡環境不好，加上重男輕女的關係，所以女生都沒有讀什麼書，早早開始工作幫家裡賺錢。她是苗栗人，那時候交通不便，如果要去菜市場買菜或是去市區辦點事，得要翻過一座山頭，有時來不及在太陽下山前回家，就要沿著海線回家，硬生生多花好幾個小時。奶奶說，如果有點月光的話，就會硬翻過山頭。有次天快黑了，奶奶正在趕路，結果半路遇到一群野狗，滿口鮮血地叼著肉，讓奶奶嚇一個心臟漏跳好幾拍，一回神趕緊從草叢繞過去，才得以避開。奶奶說得彷彿是台灣民間故事，就像跟小朋友說「虎姑婆」的故事一樣，完全是一個驚奇新世界，讓我著迷地追問了好幾個問題。

問著問著，終於來到談戀愛的故事了，終於啊啊啊啊。

「那時候就透過媒婆牽線，知道隔壁村有個男生也正在找老婆，你阿祖覺得我年紀也差不多了，該結婚了，就快快幫我答應了。」

「不對啊，你們都不認識怎麼就結婚了？」

「那時候你阿祖叫我結婚就結了，連對方長什麼樣子我都不知道。」

「那怎麼知道喜不喜歡？」

「不知道啊，等到提親當天才知道這男生長這樣子，而且我以前還和他吵過架。」

「哈哈哈，那後來呢？」

「就結婚了啊，你爺爺啊。」

「有沒有覺得嫁錯人？」

「你說呢？」

「當然有啊（笑）。」

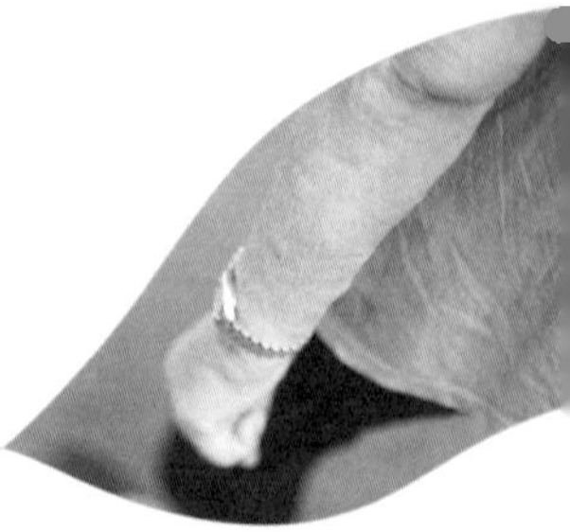

第一次牽手

結束爺爺的喪禮後，大家生活也都漸漸回歸正常，奶奶原本和爺爺搬到附近的一樓住處，但是我們擔心奶奶一個人住，不能即時照顧，也害怕她再次走丟，所以決定空出我的房間，讓奶奶和金孫爸媽一起住，而我搬到原本屬於爺爺奶奶的五樓住。

從那時候開始，我每天九點出門上班前，都會叫奶奶起床。說到這大家一定覺得奇怪，老人家不是都很早起嗎？就讓我來爆料一下吧！我家奶奶不是普遍認知的那種四五點起床、去公園運動的「勤奮奶奶」，而是能坐就不站、能躺就不坐的「懶散奶奶」，所以若沒有人叫她起床，她很有可能會一路睡到我下班……不過也是要幫奶奶澄清一下，有時候她也會早起，但看到客廳沒人，怕開電視會吵到我們，所以只好默默躺回床上，直到我把她叫醒。有時候把她叫起床後，她第一句話竟是「睡到頭好昏喔！」看似荒唐又像在撒嬌，實在令人哭笑不得。

我每日早晨的固定行程就是：叫奶奶起床、提醒她氣溫變化及應該穿哪類的衣服，而趁她穿衣服時，我先去刷牙洗臉，之後兩人交換，換我著裝並把金孫媽準備的早餐加熱，然後打開藥盒讓奶奶吃下飯前藥，再打開電視轉到動物頻道，和奶奶小聊幾句後，強迫她站起來大力揮手並目送我去上班，於是，奶奶與我的一天就各自開始了。

下班後我會帶著奶奶出門散步，因為天色較晚，奶奶眼睛看不清楚，好幾次都差點跌倒，快把我給嚇死，後來我會走在她的斜前方隨時提醒，但有時一聊起勁就忘記。幾次以後，我發現一個好方法，那就是牽手，牽著奶奶，一來可以扶著她，二來可以配合她的腳步慢慢走，安全又方便。但是，「牽手」這動作實在太害羞，畢竟本人只牽過情人的手，沒有牽過家人的手啊！每次光想到就卡住，還可以聽到自己的心跳聲，彷彿談戀愛時小鹿亂撞一樣……

有幾次挽著奶奶手臂，想說慢慢滑下去牽住她的手，結果不知道為何，每次準備牽住的時候，公園裡的阿公阿嬤們就會剛好走近並且對焦在我跟奶奶的手，結果我還是拋不開害羞包袱就放手了……但皇天不負苦心人，就在某天，終於鼓起勇氣順利牽到奶奶的手了（灑花）！一路上還臉紅了好幾次，想起來真的很荒唐，比初戀還緊張呢！但是經過了幾次羞赧的時刻，我跟奶奶很快就感到輕鬆自在了，後來只要出門，我雙手若有空著就一定會牽著她走，一起用她的速度踏遍這世界。

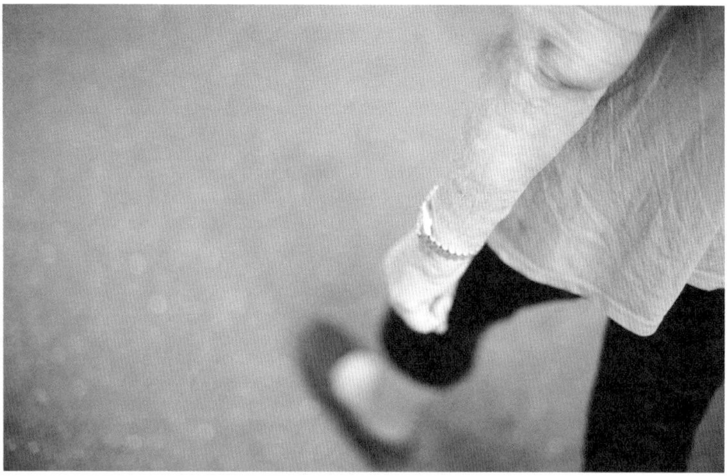

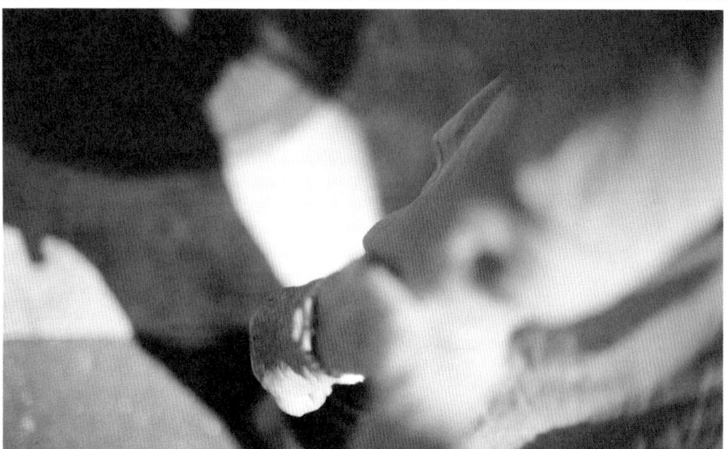

祖孫清單

因為每天陪伴奶奶的關係，開始了很多祖孫的第一次，第一次牽手、第一次出遠門、第一次聽到奶奶的故事、第一次跟奶奶說心事等等，有時候我會因為花了很多時間陪伴奶奶，而少了與自己獨處的時間而苦惱，但這些「第一次」就好像提味劑一樣，讓我期待與奶奶創造更多更多的新鮮感，而忘掉多餘的雜思。

我開始列出祖孫必做的一百件事清單，剪指甲、挖耳朵、逛菜市場、看電影、聽演唱會、投票、參加親戚婚禮、開車出門、一起買衣服、找奶奶的朋友等等，從日常瑣事到出門遠足都有，這些看起來再正常不過的事，執行起來卻發現沒有那麼容易，因為奶奶不是年輕人了，必須從她的身體狀況去思考，也就需要花費更多時間確認細節。

如果是要出遠門的話，大多時候我都會自己先去探一次路，看看那邊的環境對長者是否友善，比如：樓梯高不高、有沒有電梯、廁所有沒有座式馬桶、有沒有遮陽的迴廊……等。如果是夏天就要早點出門，避免中午太陽太烈，也要留意附近有沒有超商可以隨時躲進去吹吹冷氣；如果是冬天則要留意氣候變化，如果那地方沒有室內可以避寒，就要多備披肩及暖暖包，並且準備薑茶，以免奶奶受寒。從出門前幾天就開始前置作業，所以每次跟奶奶出門返家後都累翻了。

有一次非常有趣，我拿到簡單生活節的門票，因為在華山 1914 文化創意產業園區，搭捷運就可以到達，而且場地寬闊，人潮應該不會太擁擠，所以我滿心期待地邀請奶奶一同前往。結果，現場人數爆炸，不只如此，音樂也很大聲，奶奶嚷嚷著「受不了啦」，吵著要回家，於是我們進場不到十分鐘，馬上就離開了……這就是沒做好事前準備的下場。

牽著奶奶走到門口，我想難得來此一遊，拍張照紀念一下好了，便請奶奶站好讓我拍照，結果拍完的那瞬間，奶奶直接一棍打過來，雖然被我閃過了，但很久沒有看到這麼焦慮的奶奶，真正意識到她受不了這個場合，只好馬上飛撲過去抱住她，又親又撒嬌的，她的眉頭才又慢慢鬆開，但一路沒饒過我地魔音碎念。我雖然被奶奶嚇到有點緊張，卻也覺得很好，好像更了解她一些了。

ELEVEN

第一次旅行

小時候和奶奶、爺爺出遊過幾次，整台遊覽車上的人，長相都和奶奶爺爺長得差不多，而且旅途中不會有一刻是安靜的，就算是睡著了，也在比賽誰打呼大聲。每次和他們出遊，總是鮮少有和我同年紀的人，我只能和自己玩，長大後就不太願意和他們出門了。後來，爺爺去世了，我才驚覺奶奶已經不是以前那個大嗓門又行動自如的女孩了，需要有人陪伴她出門，避免她跌倒或忘記如何回家。於是，我又重新和奶奶一起出遊，只是這次換成是我照顧她了。

第一次帶她出遠門時，我早在幾天前就開始思考行動路線，還有各種突發狀況，把需要準備的東西一項一項寫下來，在出發前一一放入她的小包包：整天份的心臟藥和血壓藥、圍巾、帽子、衛生紙、小塑膠袋、零食；大項的如雨傘、水壺、濕紙巾則通通塞進我自己的後背包。當時只有一個念頭，希望能照顧好她的身心，讓家人能放心讓我獨自帶奶奶出門，畢竟一直以來這些事都是爸媽那一輩在處理的。

出遊前晚，跟奶奶約定好明天八點出門後，我就上樓睡了，隔天七點左右下樓，想要看看奶奶是否起床，好提醒她穿上適合的衣服，沒料到奶奶已經穿戴整齊坐在客廳等待了。聽二哥說，看似冷靜的奶奶，竟然因為太期待，整晚一直爬起來走動，不到五點就已經準備好了……結果奶奶才小小聲地冒出這句可愛的話：「八點怎麼這麼久？」就這樣，由孫子帶隊的第一次兩人旅行，提早開始了（笑）。

一路上，我們牽著手走著。奶奶說起兒時、結婚、生孩子、工作的記憶，而我則是時不時從後背包拿出水壺，倒水給她喝。每走個幾步，便擔心她冷不冷、想不想上廁所、餓不餓，因為她已經不像回憶裡這麼強壯，身體對冷熱、痛感的反應也大不如前。除了生理改變，心理上她總習慣壓抑自己，不善於表達自己所想要的，所以我必須反覆詢問、再三確認……

那天，奶奶背著新買的背包，像小孩一樣興奮，對每件小事都有著激動、開心的反應。看著她，我心中有著前所未有的，安定的感受。

不懂裝懂

從小到大，奶奶給我的印象就是愛看歌仔戲，常常一部接著一部的看，楊麗花、孫翠鳳、唐美雲等歌仔戲演員，我從小就能叫出名字。奶奶和我們一起住之後，有一天我陪奶奶看了一集，我對於現代歌仔戲內容品質的精緻與服裝場景的華麗相當震驚，發現已經不是小時候那種陽春又簡陋的戲曲，不只如此，還有很棒的聲光效果，連我都看得入迷，之後我甚至還進入了某歌仔戲戲團裡工作呢。

那陣子我會特別留意歌仔戲團的演出資訊，並且排出時間帶奶奶去觀賞。奇怪的是，奶奶眼神冷冷的，表情倦倦的，沒什麼反應，但演出當中我也不好意思一直追問奶奶，只好繼續看下去，然而歌仔戲的台詞相當文言文，跳脫電視的野台戲沒有字幕可以看，我在台下實在滿頭黑人問號，最後忍不住問了奶奶：「她們在演什麼啊？」

奶奶抓抓頭，終於露出笑臉對我說：「不知道啊。」

登愣！

「不知道？妳以前不是都在看嗎？」

「對啊，但是我聽不懂。」

「哈哈，那妳幹嘛看啦？」

「湊熱鬧阿，演戲的是瘋子，看戲的是傻子啊。」

「那我以前陪妳坐在電視前看歌仔戲，其實妳都看不懂？」

「對啊。」奶奶神情輕鬆地說。

忽然我想起當初去應徵某歌仔戲戲團時說的話——「我奶奶相當喜歡看歌仔戲，耳濡目染之下我也常常看，並且在某次看到嶄新的歌仔戲形式而興起加入戲團的念頭……」

不過在戲團沒有待很久，我就離職了，因為我也聽不懂（笑）。

K5E-816

奶奶專屬的台語導覽員

奶奶常常一個人在家，所以平日若有機會放假的話，我都會帶奶奶出門走走。之前在一家外商公司上班時，聖誕節當天總會跟著國外放假，我老早就想好要與奶奶度過這一天，讓她跟我一樣享受額外的假期。

雖然想好要與奶奶一起過，但卻不知道該去哪裡，因為越瞭解奶奶，越想體貼她。奶奶是個害羞的人，不愛去人潮擁擠的地方，人一多就容易暴躁、不耐煩，就像去簡單生活節那樣，差點吃這女孩一記拐杖。為了祖孫倆的身心安適起見，我決定去動物園。動物園假日很多人，親子、情侶、朋友、同學各種族群全員出動，光是搭捷運就很擁擠，反之平日人潮就會少很多，也不用越過人群才能看到動物，所以祖孫倆早早就出發，當然這早早又是被奶奶逼的（睏）。

到了動物園後，我拿出了事先準備的麋鹿帽子，為奶奶戴上順便保暖，沒想到奶奶相當喜歡，一路都沒有抗拒，乖乖戴著，每個看到的人，都對奶奶微笑，奶奶還不斷問我：「他們在笑什麼？」

一路上奶奶看到很多從來沒看過的動物，像是企鵝、無尾熊、水獺、河馬等，看她用開心又認真的表情問著「這是什麼動物」，我實在不敢隨便回答，加上奶奶只聽的懂台語，我雖然會台語，但卻也沒厲害到可以用台語介紹動物……在奶奶的期待眼神下，我只好勉強自己變身台語導覽員，但明明是冬天怎感覺背後不斷流汗……

最後，我想到一個很好的方法來解說：

企鵝——住在很冷的國家，不會飛的鳥

水獺——奇怪的老鼠，很愛玩水

河馬——住在水裡的馬，跟大象一樣的膚色

無尾熊——沒有尾巴又住在樹上的小熊，而且跟妳一樣愛睡覺

紅鶴——全身紅紅的，只有一支腳，滷起來一定不好吃又不划算

每次解釋完，奶奶總是笑著說好奇怪，後來有次被路人聽到了，結果對方笑超大聲。可惡！金孫和奶奶的小樂趣被聽到了啦！

記憶力大挑戰

和奶奶相處的日子越長，就越瞭解她的個性，除了身體懶惰外，連頭腦也懶，常常問她事情，她連想都不想就回說不知道、不記得。起初我會放過她，順她的意，只是一陣子後，發現本來記憶力就不好的她，現在更是嚴重，常常忘了吃藥、忘了名字、忘了我去上班等等。為了防止她記性衰退太過嚴重，我每次回到家後就會開始問問題，從早餐問到晚餐，從雞毛蒜皮小事問到今天做了什麼事。

剛開始奶奶會想很久，我會一邊提醒，讓她自己講出答案，每次講出答案，我就會像中樂透一樣的狂喜反應，開心地為她歡呼，讓奶奶覺得「答對」是件很好玩的事情，久了也就比較少打迷糊仗。

但這也讓我玩出興趣，常常趁奶奶打瞌睡、睡到嘴巴開開時，把她搖醒，在她睡眼惺忪的狀態，開始記憶力大挑戰，看她結巴又緊張的樣子真的相當可愛，常常讓我憋不住笑意笑得東倒西歪，奶奶發現後就會邊笑邊罵，常常手舉起來作勢要打我，但最後都是輕輕落下，怎麼會有這麼溫柔又可愛的人啊。

打瞌睡

下班踏進家門，最常看到的光景是：奶奶坐在單人沙發上，而收音機播著台語歌、電視播著八點檔，奶奶卻一動也不動，馬上就知道她在打瞌睡了。我進房間放好包包、換上家居服走到客廳，奶奶還是睡著，偶爾有點醒來，抖抖腳又馬上入睡，好像抖腳是入睡前的儀式一樣。

把奶奶叫醒後，只要一沒跟她說話，沒多久又會馬上入睡，真不知道八點檔裡到底放了多少安眠藥，怎麼每次這時間都睡到歪掉啊。

而且嘴巴總是張開開的，好憨啊（笑）。

就愛整奶奶

我從小就很愛整奶奶，像是躲在桌子下，用遙控器偷偷關掉奶奶正在看的電視，連續好幾次，讓她氣得破口大罵，只差沒砸了電視；或是躲在衣櫃裡趁她不注意時跳出來嚇她。進入求學階段以後，和奶奶有段小小的疏離，沒有任何原因，而是當時會覺得自己的事很重要，朋友更像全世界一樣，和奶奶的親密感還在，但就沒有這麼黏膩。

雖然現在重新接上了，但還是不太敢整她，畢竟奶奶老了好多好多，就怕她心臟受不了，但是我實在忍不住那股玩興，只好慢慢測試。

測試一：錢包動手腳。把奶奶錢包裡的錢藏起來，然後假裝跟奶奶借錢，引導她進房拿錢，我就躲在門外偷看。結果看到奶奶緩緩打開錢包後，發現沒錢，馬上把錢包倒過來搖幾下，看看錢會不會卡在深處（但明明錢包就超小），結果掉出好幾張大頭照，看她一張一張撿起來後發現都是我時，還是搞不懂狀況，抓了好幾次頭，我直接在門外大笑，奶奶的臉瞬間從萌呆變成爆怒。我馬上把錢還給奶奶，還多貼了幾百元奶奶才終於氣消。我把這事件稱之為花錢買奶奶的臉部運動。

測試二：踩狗屎。奶奶走路常常不看地上，雖然每次牽著她走都會提醒路況變化及地面異物，有次我故意大叫：「奶奶！妳踩到狗屎了！好臭好臭捏！」奶奶一緊張，整個人跳了起來，一邊大罵好幾句，然後轉頭看地板什麼都沒有，又努力看了看自己的鞋底，整個人呆了幾秒，抬頭發現我在一旁憋笑到全身顫抖後，馬上又賞了一丈紅給我（痛）。

測試三：冰奶奶。冬天時，奶奶有個小名叫做「肉粽琴」，因為她非常怕冷，總是把自己包緊緊，只露出微胖的肉臉，相當可愛。每次我下班回到家，全身被凍得像根冰棒時，就會鑽進她的粽葉裡取暖。剛開始會小心翼翼，生怕冰冷的四肢冰到她，但奶奶常常聊到一半，只要我稍微靜止一分鐘回個手機訊息，她就會馬上睡著，如果這時候讓她熟睡，奶奶半夜就會提早清醒，像小偷一樣，不斷遊走在客廳和房間……我只好狠下心讓她一次醒來，我會用冰冷的四肢觸碰奶奶，結果奶奶反應超大，還發出少女的尖叫聲，然後狂打我（但都不會痛呀）。

就這樣，測試到最後，我索性也不忍了，每天都在想如何整她。

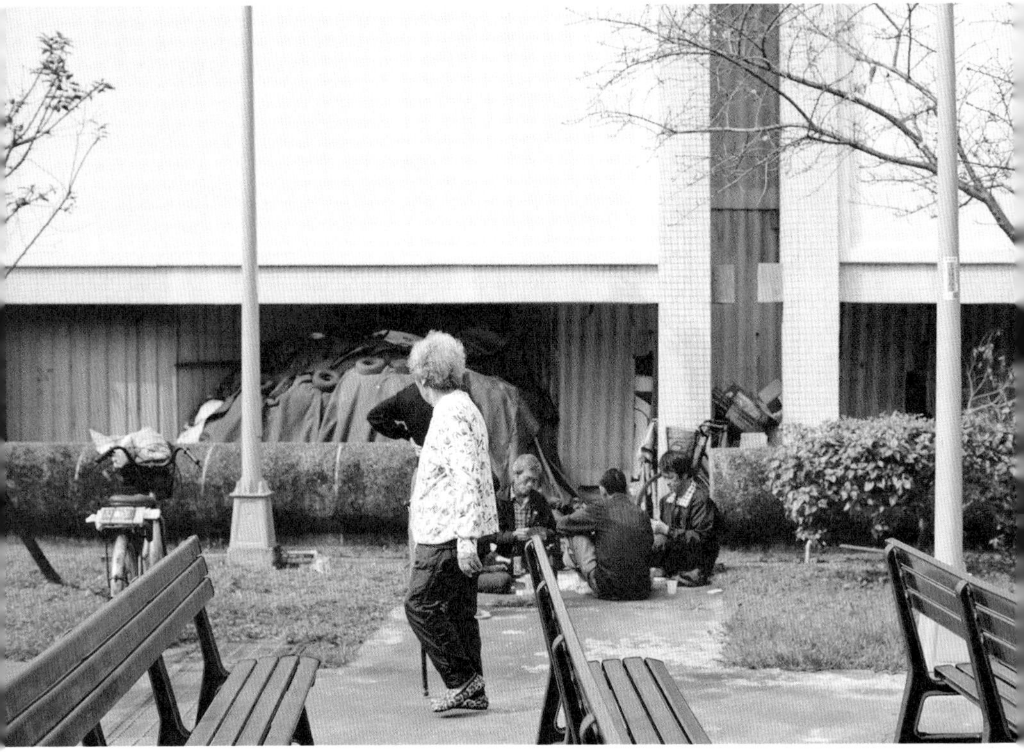

金孫牌保護罩

從兒時有記憶以來，對金孫爸的印象就是不苟言笑，不是擺張撲克臉，就是皺著眉頭大聲吼叫，所以成長過程中，我總是排斥和他有進一步的對話，不僅有溝通障礙，更常有的是「溝通無效」。常常只要金孫爸說話音量加大，我就直接和他吵起來，言語中句句都是刺，直到雙方失血過多，才會停下來止戰療傷。

就這樣雙方持續留在各自的觀點裡，沒有人要退讓。直到某一年除夕的下午，全家開開心心地準備年夜菜時，我聽到客廳傳來金孫爸大聲的責備聲，原因是奶奶吃了一塊餅，不小心把碎屑掉了滿地。

我聽到聲音後，知道奶奶被罵了，便馬上走了過去，邀請奶奶一起到廚房幫忙，並且回頭處理奶奶掉到地上的餅乾屑，處理完之後，心中忽然察覺這其實是小到不能再小的事，根本沒有什麼好生氣的，那為什麼金孫爸要這麼兇呢？

走回廚房時，我看到奶奶不發一語地坐著，像個被責罵的孩子一樣，有點膽怯的樣子，我馬上轉頭走到金孫爸前面，告訴他奶奶是因為手抖才會拿不穩餅乾，她不是故意的，而這只要擦一下就可以馬上解決，為什麼要在除夕當天罵她呢？當下金孫爸沒有多說什麼，我也馬上回到廚房陪奶奶聊天，直到晚上全家人開始玩骰子時，我拉著奶奶一起玩，奶奶才終於笑了。

記得就是從那晚開始，我會特別注意奶奶的一舉一動與生活習慣，但奶奶已經八十多歲了，要改掉習慣真的很難，為了保護她不受責備，除了時常提醒她之外，還要在事前事後隨時做好危機處理，在奶奶吃餅前拿盤子給她盛裝著，在她吃完飯後迅速不著痕跡地把飯粒擦乾淨，那時候就像是情報員一樣，只要有一點風吹草動，我就會馬上出動，並且帶奶奶離開現場。

有時候不太懂，為什麼奶奶被罵總是這麼不吭聲？

好餓好餓的日子

記得有一次金孫爸陪金孫媽回娘家走走，這是奶奶與我們同住後，第一次大人不在家，我就帶著奶奶去家裡附近新開的麵店吃晚餐，祖孫倆點了兩碗麵，結果老闆端來時，我和奶奶兩人瞬間傻眼，因為超、級、大、碗，奶奶一直重覆碎念說「啊這麼大碗怎麼吃得完？到底要怎麼吃？」

我吃到一半實在太撐只好放棄，但奶奶還是繼續吃，我以為奶奶肚子餓、胃口好，結果發現她越吃越慢，我問她「是不是吃不下了？」奶奶邊吃邊搖搖頭，口中叼唸著「好飽～但不可以浪費，不可以。」但是看她一副快要撐壞肚子的樣子，我叫她別吃了，便伸手過去拿她的碗，結果不阻止還好，一阻止奶奶差點要在眾人面前打我。

奶奶一邊吸著麵，一邊阻止我拿走碗，用力打我的手，看著她急忙吞下嘴裡的麵條，然後開始大聲吼叫、叫我放手，我心想：「有這麼嚴重嗎？吃不下就不要吃呀！怎麼會這麼生氣？」這時，忽然想起奶奶說了不下五百萬次的小故事。

從前有個住在苗栗的小姑娘，家裡不是很富有，小小年紀就出外工作，每天中午放飯時，便當總是沒有配菜，只有白飯加醬油，或是「暗」（台語，煮粥時的米湯）而已，她怕同伙看到會取笑她，所以總是躲在角落一個人吃，那時候有位大哥知道她的狀況，總會把便當裡的菜挾一些給小姑娘。那小姑娘就是奶奶，她常常說，那時候家裡窮到都快要吃樹皮了，真的不知道「吃飽」是什麼滋味，每天都好餓好餓，都不敢看別人吃飯。

為了平息奶奶的怒氣，我只好放棄拿走她的麵，然後告訴她「我們打包回家，等餓了再吃就不會浪費了。」本來盛怒的奶奶，也好像找到救贖一樣的，馬上一口答應。至於那碗麵，回家後放不到兩小時就糊掉了，只好趁奶奶不注意時默默倒掉了。

但在這樣食衣充足的日子裡，真的很難想像奶奶說的「好餓好餓」的日子是怎麼挨過來的。

其實，每次只要說到那位挾菜給她吃的大哥，我就一定會問她「有沒有喜歡對方」，奶奶都會發出鄙棄的聲音說「不可能！」我總是不相信，但是如果真的喜歡那位大哥的話，可能我也不在這世界上了啊。

速保養
底盤大修

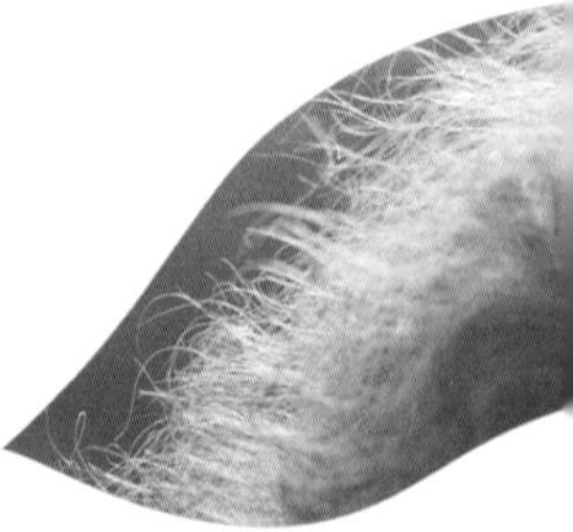

妳開心就好了

已經漸漸養成習慣，只要每次週末沒事，就會帶奶奶出遠門走走。遠門的意思就是離開平常會去的地方，像是公園、旁邊的便利商店等等，這次決定帶她去有點距離的大賣場，採買中秋烤肉需要的東西。

奶奶一直是嗜甜的人，以前冰箱裡總是會出現大量的養樂多、沙士，家裡某處會有糖果、餅乾出沒，甚至還有多罐「豐年果糖」。到了大賣場後，我們先在一樓逛些生活用品，奶奶興趣缺缺，結果到了二樓食品區，就像失控的小孩一樣，各種逗留與凝望，常常一轉頭才發現奶奶還在上一區，看著餅乾和糖果不肯走。每次過去叫她時，她總會小小聲地說：「買一包來吃吃看，不知道是什麼味？」「如果我有錢的話，就可以買一包來吃吃看了。」

因為奶奶不識字，所以只能從包裝顏色跟圖案來判斷內容物，有時候為了不讓她太失望，常常會誇張地告訴她「很酸、很苦、很臭」等等，讓她自己打消主意。剛開始聽完我的形容，她還會馬上跟著附和說「阿捏感覺不好吃，我們不要買。」但往往在繞了十分鐘後，就會看到她失去理制地拿出皮包，不管這食物被形容得多難吃，都堅持買來吃，就像小孩一樣堅定，超級可愛。

但為了她的身體健康著想，我拒絕讓她買，那一刻會看見奶奶的表情變得落寞，儘管如此卻也不敢多說幾句，總是默默把餅乾放回去。就在此時，我忽然感受到奶奶的這股情緒，就像她在成長過成中，總是不斷被否認、被拒絕，而她永遠不吭聲。這是我第一次感受到這件事。因為一直以來，我與奶奶的關係是平等的，比起祖孫，更像朋友。腦中還在想著這些事情時，奶奶就默默地站在我們的購物車旁邊，完全失去了剛剛孩子般的雀躍開心，只有偶爾用手無意識地去翻看那些餅乾。

接下來換我緊張了，我不斷想著該怎麼辦才好，因為實在不忍剝奪奶奶的快樂，這時剛好看到奶奶想買的餅乾有出歡樂包，這樣只要讓她吃一小包，還不至於影響健康，且奶奶記性不太好，回家以後只要把其它四包藏起來，如此一來她也不會想起，更不會平日一個人在家無節制狂吃了。

這一招果然奏效，回家路上我馬上開一包給奶奶吃，看她笑的樂開懷的樣子，對照剛剛落寞的表情，真是天堂與地獄呀！如果可以，我希望能永遠讓她這麼開心。

奶奶小孩

奶奶一直有高血壓及糖尿病的問題，要定期去醫院回診，每次檢查都要抽血，老人家的血管缺乏彈性、易破，常常都要扎好幾針才能抽到需要的量，也因此每次抽完血，奶奶的雙手手背、手臂就會有大片的瘀青，看了就覺得痛，這也讓她有點抗拒去醫院，但雖然抗拒，奶奶還是會乖乖去醫院，乖乖挨了好幾針。

某次我剛好休假，就和奶奶兩人坐著捷運前往醫院，一路上聽奶奶不斷碎念看醫生多累、多麻煩、希望不要看醫生了……等各種孩子氣的抱怨，想想若是平常金孫爸陪同，她應該連話都不敢說了，看她憋這麼久，能放鬆抱怨也是一件好事。

抽血前需要禁食幾小時，一早到醫院先排隊抽號碼牌，等待叫號還要一陣子，我便先去買好食物，讓奶奶等會抽完血後可以馬上吃，不至於餓太久。我站在旁邊陪奶奶抽血後，看她按壓著血管坐在外面等待區放空，真的覺得像足了一個還沒睡飽的小孩。

走出醫院後，我倆坐在路邊吃早餐，沒有講太多話，那天天氣很涼，風吹過來很愜意，太陽照在身上很舒服，看著奶奶身上貼著止血的棉花，嘴裡慢慢吃著早餐，忽然覺得祖孫兩人的身份對調了。

奶奶越來越像小孩，而我越來越像大人了。

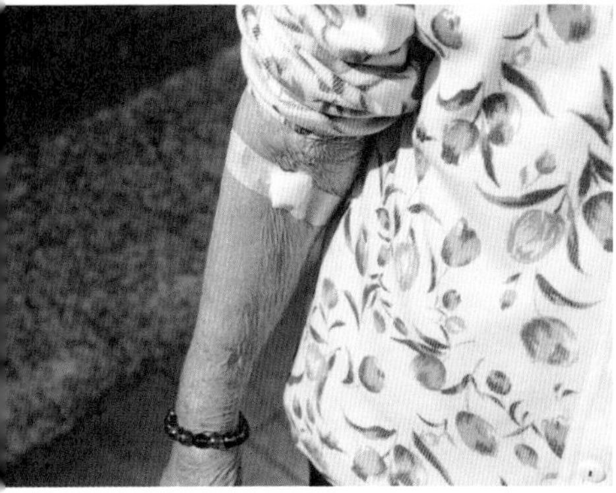

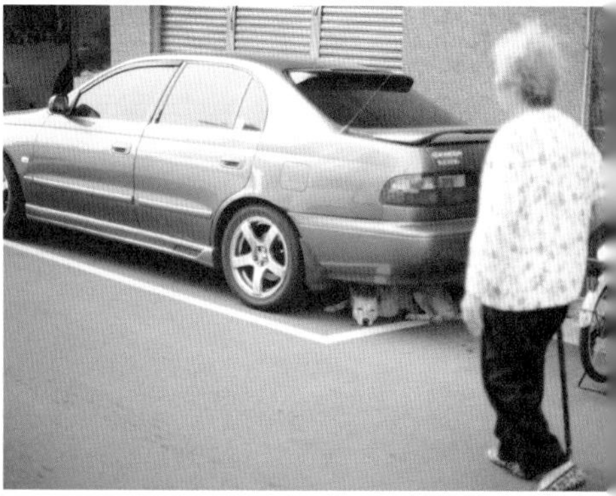

龍眼米糕

家裡有一座神桌，上面供奉神明和祖先牌位，除了三餐燒香之外，特別節日還會準備許多祭品，以前常常看奶奶、金孫媽大費周章準備各式好料，然後拿起香柱拜拜的時候，總能聽到奶奶念念有詞，每次問她跟神明說了什麼，她總說「請神明保佑你好好長大啊」。

有時候她也會和姑姑一起前往廟裡拜拜，最喜歡她去台北市的行天宮了，因為回來就會帶上幾個龍眼米糕回來，甜甜的白飯，上面放著一顆龍眼乾，非常好吃。奶奶吃龍眼米糕有個習慣，總是先把龍眼乾放在旁邊，把甜甜的米糕吃掉後，再吃龍眼乾，但我總是搶在奶奶要吃龍眼乾之前，用迅雷不及掩耳的速度把龍眼乾吃掉。

有一天下午我忽然想起偷吃龍眼乾的事，就決定帶奶奶一起去行天宮買好久沒吃的龍眼米糕，也想要聽聽當我長大了，她還會和神明說什麼，會是繼續請神明保佑我們，還是會有自己不一樣的願望呢？

那天雖然是平日午後，但行天宮還是很多香客及遊客，穿過許多人群後，兩人終於走到神明面前，奶奶放開我的手，雙手合十地對著神明拜三下，嘴裡依然念念有詞，拜完以後，我瞭解奶奶不喜歡人群，牽著她的手便離開擁擠的行天宮，去外圍小攤買了龍眼米糕，坐在公園裡吃著。

邊吃邊問奶奶和神明說了什麼？奶奶說「沒有」，問她知道是拜什麼神嗎？奶奶也俏皮地馬上回「不知道」，我笑著再虧她說「不知道還拜？」

她又笑著回我說「就不知道啊，有就拜嘛。」

有時候覺得她可愛的地方，就是可愛在「不知道原因」，什麼都不知道，但還是會把祖先、長輩留傳下來的觀念跟習慣轉化為自身的行為準則，默默完成，這讓我每次看到奶奶雙手合十的虔誠模樣，都特別覺得感動，那份對信仰的投入是來自於對家族傳統的堅持。

你做到了

某次遠房親戚結婚，金孫爸當天有事，希望我能帶奶奶前往。我一開始是有點猶疑的，第一是現場有太多親戚對我而言是陌生人，雖然和老人家們聊天是件開心的事，但我還是感到有點生疏。第二，帶奶奶出門所要花費的精力值是相當高的，日常的出遊我會先去場勘，還要查詢交通資訊等，這次來的突然，我沒辦法做事前準備，總覺得有點擔心，但想到奶奶能和許久不見的親戚們相見歡，就還是硬著頭皮答應了。

當天騎著機車前往，結果剛好遇到遊行，主要的前往道路正進行交通管制，加上不熟這路段而迷路，且奶奶坐在後座也不敢騎太快，等到我們抵達會場的時候，婚禮已經進行一半了……

急急忙忙帶著奶奶坐在叔公、叔婆們旁邊，和大家打完招呼後，趕緊幫奶奶挾菜，深怕奶奶餓到，加上外面餐廳並沒辦法像家裡一樣為奶奶特製好入口的軟硬度，還需要花點時間把奶奶的食物剪成小塊。奶奶邊吃我邊剪，也一邊和許多來和奶奶聊天的親戚打招呼。印象最深的是一位住在苗栗的鄰居婆婆，她說她和奶奶從小一起玩耍、一起去村裡看歌仔戲，奶奶開心地與她擁抱，然後說著以前的小八卦笑開懷，這對於我來說是相當新奇有趣的畫面，因為我是第一次看到奶奶的朋友。

那天奶奶笑很開心，回家路上還是不斷說著這些人、這些事，完全沒有要停下來的意思，我也就繼續聽她說、繼續回應第二百一十五遍，讓她盡情享受這久別重逢的喜悅。

除了這件事之外，當天婚禮還有一段插曲也讓我心暖暖的，叔公、叔婆跟我說：「你爸爸對我們說，他覺得很開心，因為你一直陪著奶奶到處走走，他做不到的，你都做到了。」那一刻，我好像感覺胸口那顆堵塞的穴道忽然暢通，有股暖意注入心房。

愛的方式

聽到金孫爸難得誇獎我的話，除了開心之外，還是有點不太真實，因為成長過程中，他鮮少展現溫情的這一面，常常都要透過別人的嘴才能聽到他的肯定。也因為金孫爸的這句話，我開始回想從爺爺走後，這一路陪伴奶奶的過程，發現除了和奶奶擁有全新的相處方式，增加了很多有趣的回憶，也在以奶奶為圓心的同心圓中，漸漸理解家中每個人的個性及看待事情的方式，有些人的關心是強烈的言語、有些人是遠遠靜靜的觀察，不同的表達模式可能承載一樣厚度的感情。

奶奶的個性可以從相處過程及她訴說的過往來理解，以前重男輕女，女孩不被看重，長大結婚就是潑出去的水，是別人家的媳婦了，所以不需要花費太多資源在女孩身上。這些從小反覆被否認、被看輕的過程，導致了奶奶在別人的情緒中，她總是習慣隱忍不吭聲。如果沒有努力切入情境去設想，就真的不會發現這些問題。

這也讓我想到小時候，有次奶奶去燙了頭髮，我下課回來後，和她打了聲招呼就衝去房間看卡通，結果三十分鐘後，金孫爸怒氣沖沖地衝進房間把我拖到客廳，我看到奶奶坐在那裡哭，還不明究理、滿頭問號的狀態下，就直接挨了好幾棍。原來是奶奶以為我和她打招呼的那句話，是在說她頭髮很醜，但根本冤枉啊！而此事也可以看出奶奶就算是被我這樣孫子輩的忤逆，她也還是不吭聲的默默傷心流淚，直到金孫爸發現。

那一瞬間，我忽然也終於理解金孫爸的愛了，他打我的目的是為了讓奶奶消氣，所以用這麼激烈而直接的方式，只是他顧此失彼，他沒有想過小孩也會受傷。而這也是因為他從小所看到的愛，也是藏在後面的，不曾言說，也不曾具象化的。

換了一個角度後，忽然解開了每一個家人的糾結與難處，奶奶的個性、金孫爸媽表達愛的方式，一直過不去的也就過去了。他們就像是山峰一樣，等著我去接觸、去攀爬、去探索，最終找到穩定自我的力量。

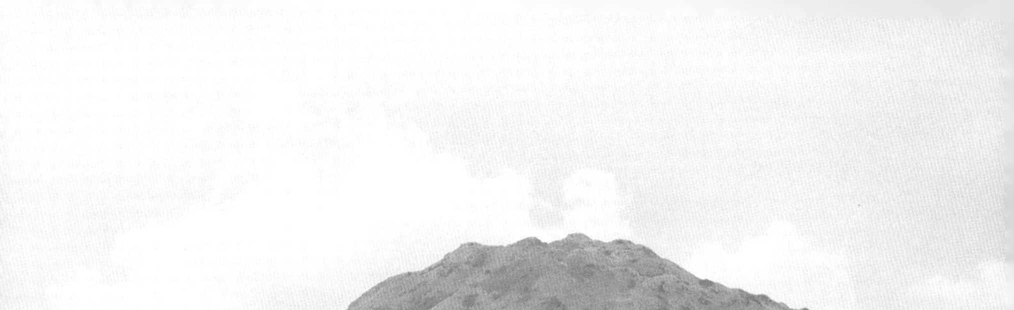

冬至

「好冷！」一早起床內心大聲吼叫，這種天氣怎麼還要上班啊，但也不能再賴床了，只好穿上衣服，趕快叫奶奶起床，並提醒她衣服要穿厚一點，看到奶奶像毛毛蟲一樣，從一捲棉被裡慢慢起身下床的緩慢可愛模樣，覺得那刻好日常好喜歡。

準備早餐時，看到餐桌上金孫媽準備的湯圓才想起今天是冬至，馬上提醒奶奶不能偷吃，因為嗜甜如命的奶奶，沒人在家絕對會偷吃，只好再三提醒。一如往常地我準備上班了，奶奶送到門口，並揮手和我說再見後，開始忙碌的一天。

一轉眼在看時間已是晚上九點多了，但我還在加班，肚子有點餓，想到早上餐桌的湯圓，很想快點回家和奶奶一起吃一碗，畢竟奶奶最愛過節了，節慶對她來說，就是她最有記憶及連結的日子了，總能趁這個時候，聽聽她以前的故事。晚上十點半左右，金孫媽傳來一張奶奶吃著湯圓的照片，並說奶奶一直在等我，我看了以後就把電腦關機，馬上衝回家。

回到家時，我先走進廚房添了一碗湯圓，隨後聽到奶奶的腳步聲，馬上探頭大叫她的名字，她看上去有點想睡，畢竟她等我等了那麼久，我怕她太累，請她先躺上床，等我熱好湯圓就過去和她聊天。

微波爐剛轉兩分鐘，裡面的湯圓正準備恢復白泡泡的肌膚，奶奶房間忽然傳來一聲「碰」，我趕緊衝過去，發現奶奶已經倒在地板上了，眼神渙散，呆呆朝著天花板，不管怎麼叫都沒有反應，我馬上叫了救護車，在等待救護車的這幾分鐘，奶奶慢慢醒來，全身不斷發抖，後腦因為撞到地板所以有點紅腫。救護車來了以後，對奶奶做了一個初步的檢查及評估，最後因為奶奶還有意識，並且有反應也能回話，沒有立即的生命危險，於是建議我們去醫院做一下檢查較好，隨後就離開了。

看到奶奶醒來後，全家人不安的心才終於放下，我把奶奶扶上床後，抱著她聊了三十分鐘後，確認她的狀態大致上恢復正常了，才安心跟她說晚安，關上房門前奶奶說：「好家在有你們在我身邊陪我，有你們就好了。」聽完我又衝了過去抱抱她，順便也讓自己再次感受奶奶的溫度，因為，這是我第一次感受到可能會失去她的恐懼。

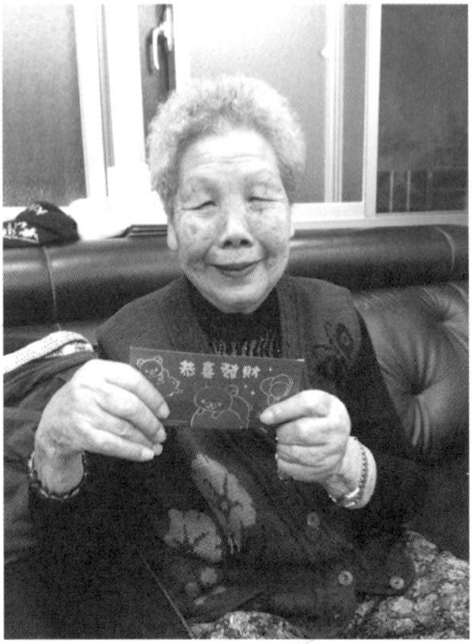
恭喜發財

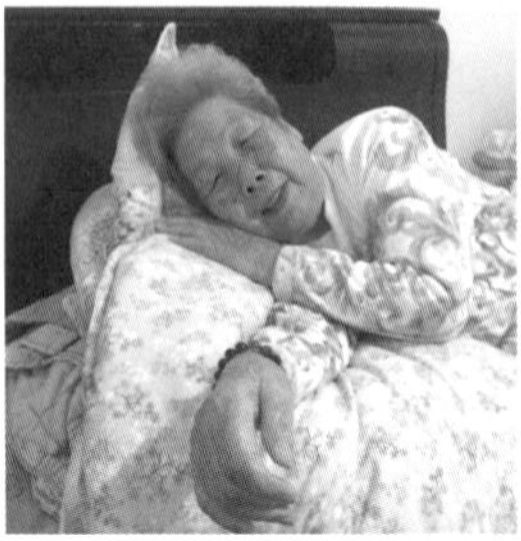

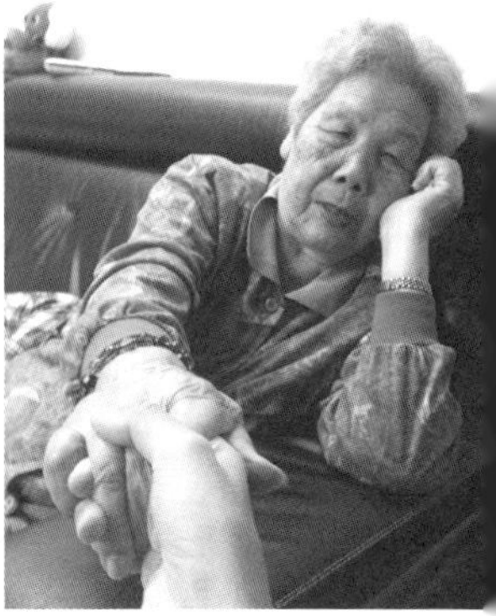

第三章 巨變

忽然感覺好冷，
就像奶奶倒在廁所地板那樣的冰冷，
想到這眼淚就像潰堤一樣奔湧而出。
伴隨眼淚的是從心底發出的痛，
痛到無法呼吸。
腦中想的都是為什麼昨天不先送醫檢查、
為什麼不當一回事？

為什麼

不知為什麼還是有點擔心奶奶，但看到家人們都恢復平靜的樣子，心想是不是自己多慮了，而奶奶也一再表示自己沒有任何不舒服，要大家都別擔心。於是吃完湯圓後，大家也就各自回到自己的房間。回到房裡後，內心怎樣都還是感到不安，上網查了一些資料，但對於疾病的前兆觀念太淡薄，完全沒有想到這可能是「中風」，只查了幾個關鍵字「暈倒」、「昏眩」等字眼，大約凌晨二點左右，身體還是抵不過整天工作的疲憊，電腦開著就睡著了。

不知睡了多久，手機傳來震動聲，以為是鬧鐘按掉了，幾分鐘後再次震動，拿起來一看，發現是金孫媽打的。半夢半醒之間，腦筋還沒有轉過來，只想著「為什麼這麼早打來？」慵懶地接起電話，聽見那頭傳來驚恐又強忍鎮定的聲音：「奶奶昏倒在廁所，完全沒有反應了。」

還沒有來得及回應，金孫媽的電話馬上切掉了，像是突然被雷擊中，我整個人好像當機，明明知道事情的嚴重性，需要快點起床，衝到樓下去，但身體怎樣也動不起來。

六點的冬天早晨，天還灰灰暗暗的，仔細聽只會聽到窗戶傳來細碎的機車、汽車呼嘯的聲音，平常這時候還在睡夢中，只是現在怎麼會這麼清醒？每一次動身想要起來，就會被樓下快速及沉重的震動聲擊退，那是金孫爸、金孫媽還有二位哥哥在極力呼喊與搶救的聲音。

窗外的聲音不知何時加入了微弱的救護車聲，越來越大聲、越來越靠近，近到已經確定就在樓下時，我的雙手竟不自覺地越握越緊，全身繃得緊緊的，完全不敢想也不敢動，連呼吸都小心翼翼，只能任憑救護人員進入家中的聲響直直地拋入耳裡。

我就這樣呆立在房裡，彷彿做錯事的小孩一樣，害怕隨便輕舉妄動那些後悔就會湧進所有的思緒裡。忽然感覺好冷，就像奶奶倒在廁所地板那樣的冰冷，想到這眼淚就像潰堤一樣奔湧而出。伴隨眼淚的是從心底發出的痛，痛到無法呼吸，腦中想的都是為什麼昨天不先送醫檢查、為什麼不當一回事？早就知道的事情，為什麼不去做？為什麼不敢動？為什麼不敢面對？為什麼？為什麼？

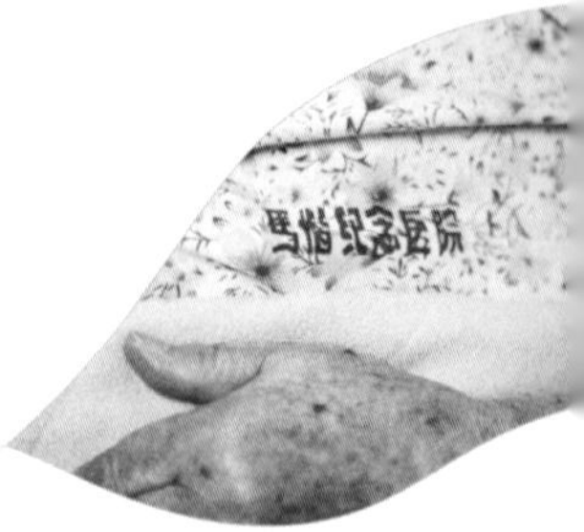

只有傷心是真的

長大以後，「哭」對我而言不是一件容易的事，習慣壓抑自己的情緒，每每到了「值得一哭」的點時，情緒就像是路旁警覺性高的野貓，倏地消失，徒留一地愁悵。但在奶奶倒下的這一天，我竟無法抑制地哭了三十分鐘，情緒壓不住，眼淚停不住，或許是我不想壓了，第一次感受到胸口有個東西沉甸甸地附著心上。

不知多久後終於能下床，眼睛腫痛的下樓詢問狀況，然後如常地去上班，交由金孫爸媽繼續處理。如果這時候請假在家裡，除了不知道怎麼面對家人，也不敢在充滿奶奶身影的家裡待著，於是早早進了公司，整天就像個空殼子般，盡量把工作做完，中午才鼓起勇氣問金孫媽關於奶奶的狀況。

「中風了，住進了加護病房，晚上七點半可以探望三十分鐘。」感受到金孫媽的語氣平淡中卻帶著責備，就好像在說「為什麼早上發生了這樣的事，你和奶奶這麼親卻不下來幫忙呢？」有時候敏感的情緒是種優點，卻也是缺點。金孫媽也許沒有責備之意，但那就是我對自己的責備，因為我是如此的後悔和害怕。

下午人在辦公室卻不斷反覆想著，晚上探望奶奶時，要用什麼語氣去安慰她？她這麼怕生又膽小的個性，是不是也被自己嚇到了？在醫院做各種檢查時是不是很緊張？一個人躺在加護病房這陌生的地方，看著陌生的護士來來去去，她會害怕嗎？這種害怕旁人能察覺並好好安撫她嗎？

還在想著人已經來到加護病房門口，快速穿好隔離衣走到奶奶的病床邊，她的臉有點腫，眼睛無神，但看見我時，她歪嘴笑了，這笑容讓我想起一早呆躺在床上、久久無法動彈的愧疚感。我馬上牽起她的手，強忍著複雜的情緒，用高亢的語調和豐富的肢體表情和她對話，希望盡快恢復奶奶的活力，讓她不要擔心自己的身體。但可恨的是，我的字字句句都是在說謊，因為十分鐘前醫生才剛和家人說明現況，「奶奶已經八十三歲了，回復如昔相當困難，要有心理準備，可能會躺在床上直到離開。」

三十分鐘的探望時間就這麼過了，不管當下說了什麼、保證什麼，給了奶奶什麼激勵與安慰，通通都是假的，只有傷心是真的。

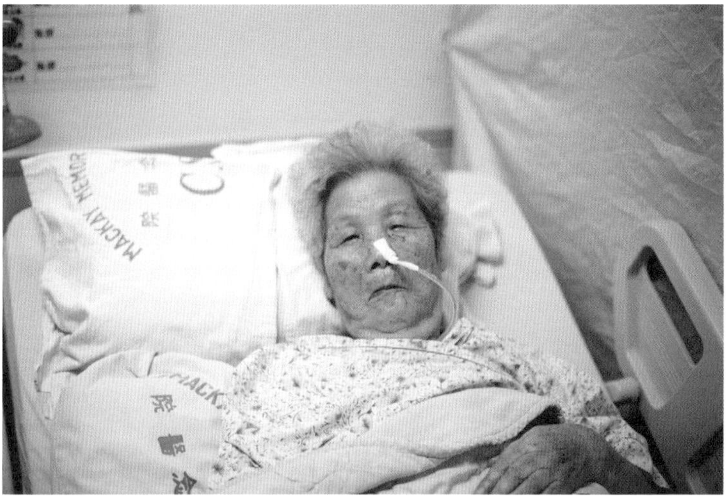

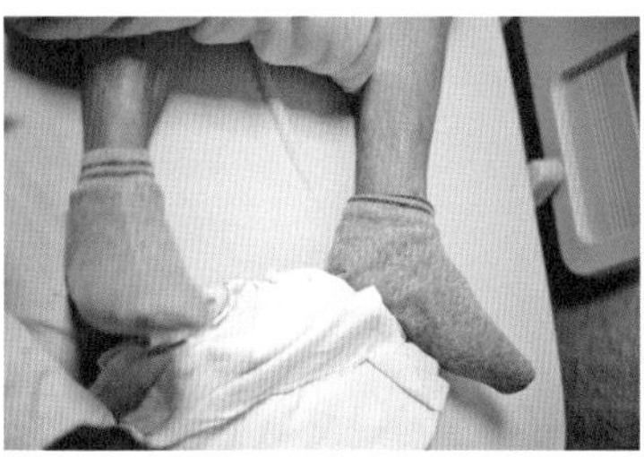

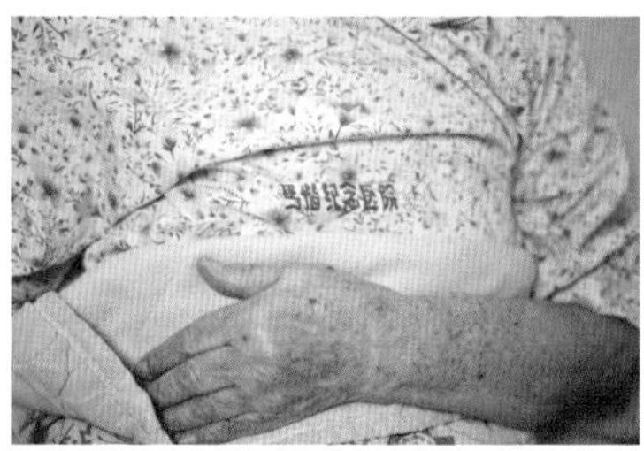

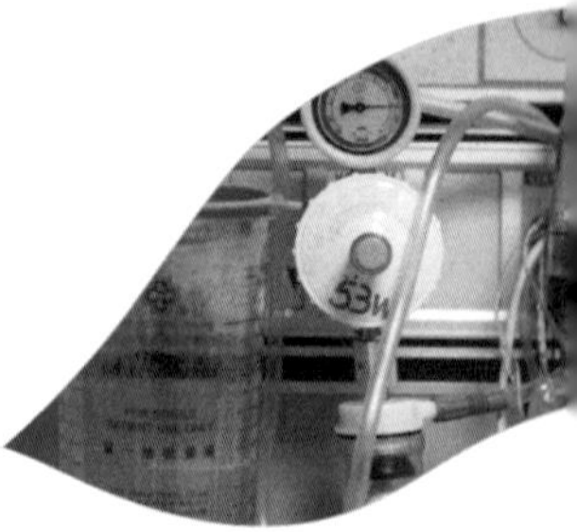

金孫來了！

奶奶住院之後全家都陷入低潮，下班後坐在客廳都可以感受到一股沉重的不安感，身為一家之主的金孫爸最是明顯，每次當我開口想要詢問關於奶奶的病情及未來的照顧問題，總會得到冗長的沉默，如果稍微講到敏感的話題，更容易引起爭端。雖然對於金孫爸拒絕討論的態度著實不滿，但其實我也能理解金孫爸的情緒反應，因為家裡長輩自曾祖母到爺爺都是長期臥病在床，一個十年多，一個六、七年，這種看著親近的家人只能躺在床上、最終喪失行為能力的老化過程，是極為沉重的不捨與難受，尤其當不得不面對現實的經濟考量，無論如何心情是絕對無法放鬆的。

因為實在不知道如何是好，所以上網查了一些相關資料，像是住院、家庭看護、外籍看護、養護中心等的差別，並且在「奶奶來了」粉絲團上提出一些問題詢問臉友們，結果意外收到很多人的回覆，還有剛好是奶奶所在病房的護理師，很熱心又詳盡地跟我說明奶奶現在的狀況。這一切都讓我深深感動，原來這世上有很多人願意給予協助。在臉友的各方意見中，慢慢找到照顧及陪伴的重點後，就決定不能再活在後悔及痛苦之中了，如果要守護奶奶，必須要比她堅強才行。

在和家人無數次的討論後，考量到專業照護及探望距離，我們決定把奶奶送到距離住家十分鐘的養護中心，讓專業的醫護人員照看奶奶，也方便我們隨時前往探望。奶奶住進去的那一天，是金孫爸獨自前往醫院辦理出院手續，並將奶奶轉送到養護中心。下班後我立刻衝往養護中心看奶奶，除了怕她對環境感到陌生而害怕之外，最擔心的是她會以為子孫遺棄她……因為，一直以來，養護中心對老人家來說，就是「不孝」的代名詞，所以必須用行動來讓奶奶感到安心。

我因為之前的工作經驗，曾經接觸過幾家養護中心，對場所環境並不陌生，但剛踏進去時還是感受到一股不親和的壓力，除了濃厚的消毒水味道，大廳還有一群無法自理的爺爺奶奶們，有的人不斷的低聲喊叫、有的人眼睛閉著、有的人一直盯著我看……看著這些奶奶未來的室友們，我深深體認到等在我們後頭的，是一段漫長的路。

終於走到奶奶的房間門口，看著奶奶躺在病床上，眼神發呆，好像世界已經與她無關，我趕緊走到她旁邊，握緊她的手，在她耳邊說話，用最簡單的方式告訴她「奶奶不怕喔！金孫來啊！」

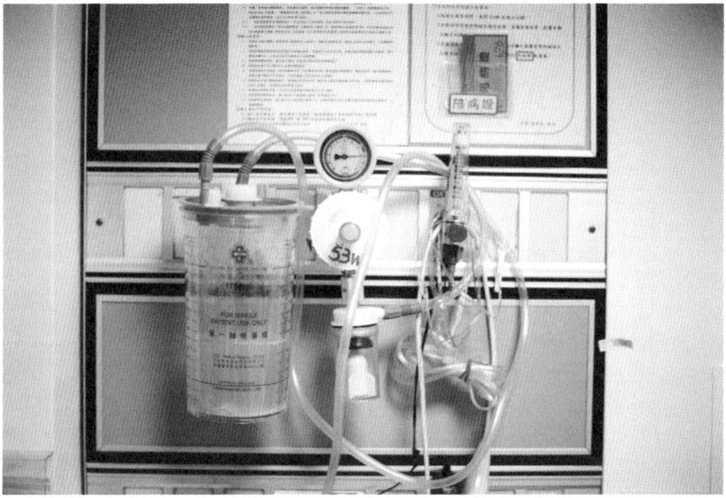
FOR SINGLE
PATIENT USE ONLY
53W

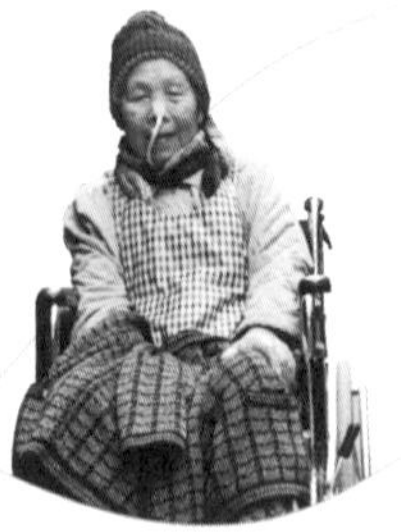

奶奶心安，我就安心

中風之後，奶奶只剩下左半邊能自由活動，右半邊完全失去自控能力，連帶影響了說話及吞嚥。在未經奶奶同意之下就讓她住進了養護中心，其實我一直很在意她是怎麼想的、會不會覺得受傷。於是從住進去的第一天起，我每天下班都用生命在趕車，養護中心八點就禁止訪客，有時候趕到了也只能待個五分鐘、十分鐘，但，看一下下也好，真的，即使是一秒我也願意。

每次進中心前都會調整情緒，不管今天工作遇到什麼鳥事，在奶奶這裡我就負責「含飴弄祖」，盡量保持亢奮，用很誇張的動作和語氣讓奶奶知道金孫整天做了什麼大事業、救了多少人（笑），每次看到奶奶被逗笑的樣子，我就覺得「值了」，因為奶奶心安，我就安心。

假日的時候，我會推著輪椅帶奶奶出門曬曬太陽，出門前會事先做一些功課，像是哪裡比較熱鬧、有沒有輪椅可以進去的店；何處有漂亮的夕陽、哪一條路邊有可以休憩的歇腳亭……等。那陣子祖孫兩人就像進行一場大冒險一樣，有時去菜市場、有時去超市，也曾去河堤散步，累了就停下來休息，幫奶奶按摩。

住進養護中心後的第一個除夕，我一大早就去看奶奶，那天她剛剪了頭髮，一看到我來，馬上用手摸摸自己的頭，向我表示剪了頭髮，雖然不是她平常的髮型，但相當清爽、有精神。

那天我包了一個小小的紅包給奶奶，一收到紅包，奶奶馬上露出「錢嫂」的表情（笑），開心地拿著紅包晃來晃去，但因為只有左手能活動，所以無法看到裡面的金額，偏偏又很想知道，那苦惱的表情實在太可愛了！我幫她打開紅包，讓她看看裡面的金額，並預約下次帶她去市場買些軟軟的零食吃。

記得，那是我在養護中心看過她笑得最開心的一天了。

奶奶心安，我就安心

失智了

上網查了很多關於中風的相關資料，也在粉絲團上不斷收到許多照顧者的經驗分享後，發現中風後的黃金復健期很重要，也開始尋找任何對奶奶有幫助的照護方式，結果找到了計時的居家照顧服務，可以請照顧服務員來為奶奶做一個小時的復健，但資料審核過程較為冗長，服務員人手不足，也要時間能配合的上才行，所以一月申請後，經過兩次的審核，確認二月初過年開工後每星期三次的復健服務，其它時間由家人幫忙。

那陣子就像溺水者終於抓到浮木一樣，心上的擔心與煩惱都放下了。幫奶奶擬定好復建計畫，一步一步穩紮穩打，陪奶奶講講話、散散步，內心總覺得踏實又平靜。過年期間我每天去看奶奶，有時去的早，奶奶還在睡，我也沒閒著，把握時間按摩她的雙腳，希望水腫能消一點。一開始奶奶一發現有人摸她的腿馬上就會醒過來，跟我揮揮手，給我一個「金孫來啊」的滿足笑臉。但後來幾次幫奶奶按摩時，奶奶都維持睡眠狀態，沒有醒來跟我揮手，中心的照護員也說明奶奶的血壓、排便、體重等相關數據都是正常的，推判是冬天較寒冷，所以老人家會比較愛睡覺。

終於到了年後，照顧服務員下午就要幫奶奶進行第一次的復健了，那天我請了幾個小時的假，前往養護中心看看一切的流程，但在整個復健過程中，奶奶都沉睡著，只好改由按摩的方式結束第一次復健。再過兩天後是第二次的復健，這天奶奶終於醒了，但眼神卻很空洞，旁人怎麼叫都沒有回應，養護中心的人員趕緊送去醫院檢查，醫生判斷，奶奶失智了。

失智之後，一周三次的復健課程也無法進行，因為奶奶已經無法配合照顧服務員的指令，不到一個月的照顧服務也就停止了。

奶奶中風無法說話，表情及眼神成了表達的出口，但失智之後她完全沒有表情及反應，眼神總透露著空洞或是陌生，好不容易建立起來的互動方式，又再次全部重來，而且更加困難，一切重擊深深挫敗我的樂觀，壓垮我僅存的希望。

自奶奶中風以後，我一週至少去看奶奶六天，有時候第七天沒能看到還會感到內疚。每次去看奶奶時，我就像是自動調整為派對模式的手機鈴聲，熱情活潑、響亮高亢，只希望每次都能帶給奶奶滿滿的開心，像以前生病前我們的互動一樣。只是生活中不止有奶奶的陪伴問題，還有工作壓力、家人相處、個人感情等各種慘劇等著我們。當時工作正好面臨業務轉換，每天都需要絞盡腦汁只為了得到更好的機會；家人間命定的羈絆跟難以言說的情緒勒索；最後一個慘劇是用心經營的四年感情，結束了。

每件事都重重壓著我喘不過氣，但我放不下奶奶，每次看完奶奶後，痛苦席捲而來，這種痛苦卻也無法向太多人透露，不是我不願說，而是能理解的人，實在太少了。同輩中少有照護爺爺奶奶的經驗，我的苦惱越滾越大，每天反覆思考同一個問題：為什麼都這麼努力了，但奶奶還是失智了？

妳到底在想些什麼？
那次陪著剛失智的奶奶去醫院，
奶奶不斷地搖著頭，
牽著她的手時，
看著她眼神飄移的透露出緊張感，
這種感覺真的好難受。

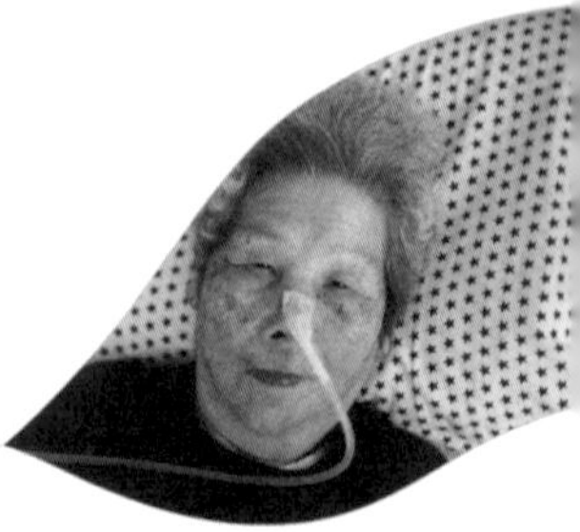

怎樣都可愛

和奶奶的情感從小就建立在一定的基礎，畢竟長大過程中，「奶奶」這個角色一直在我身邊。直到爺爺走後，更頻繁地和奶奶相處，從中理解奶奶的個性，讓我跟奶奶不僅僅是祖孫，更像是忘年之交。因此奶奶失智讓我特別難受。而隨著工作轉換跑道、分手，還有一直以來和家人之間的溝通及認知問題，都還未消化，原本和奶奶的緊密關係就變成了牽絆。

這份牽絆每次都拉扯著我，如果某個週末真的好需要休息，沒有前往陪伴奶奶，但只要想到奶奶一個人躺在那裡，就會總到相當內疚。而如果在各方面都感到疲憊時，還是去看奶奶，就會感到煩躁。去了煩躁，不去內疚，就在這一切還不知道如何解決時，奶奶又幫了我一把。某天看護幫忙把奶奶從床上抱到輪椅，失智後好久沒有表情的奶奶，忽然張大眼睛對著我微笑，那一刻她好像知道一切。當我推她出門時，她的反應很強烈，不斷微笑，雖然不管說什麼，她還是搖頭拒絕我，但那天我們說了好多好多的話（好啦！其實只有我說），把這陣子所發生的事都一股腦地告訴她，不管好事、壞事都說，一直過不了的情緒高牆就這麼瞬間消失了！雖然我知道這可能不是原本的奶奶，但是可以從很細微的反應中，感受到她的微笑是多麼真實。

一個小時到了，我捨不得地把奶奶推回中心，抱她上床休息，上床時她像個小孩一樣，雙手一直揮動，沒幾分鐘後就睡著了。看她睡著的樣子，忽然覺得失智或許對她來說是件好事，膽小的奶奶，應該就會忘了害怕、忘了自己一個人，也忘了想要回家的心情。

「失智症不單單只是一項疾病，而是一群症狀的組合，患者除了記憶力會減退，也會影響許多認知的功能，包括了語言、思考、注意、判斷、計算、空間等各方面的功能退化，大大改變一個人的個性、認知、邏輯。」

有時候真是討厭網路，資訊永遠這麼發達，卻也讓你無處可躲的正面衝撞你，但也沒關係了，奶奶就算再怎麼樣，都還是那個可愛的奶奶。

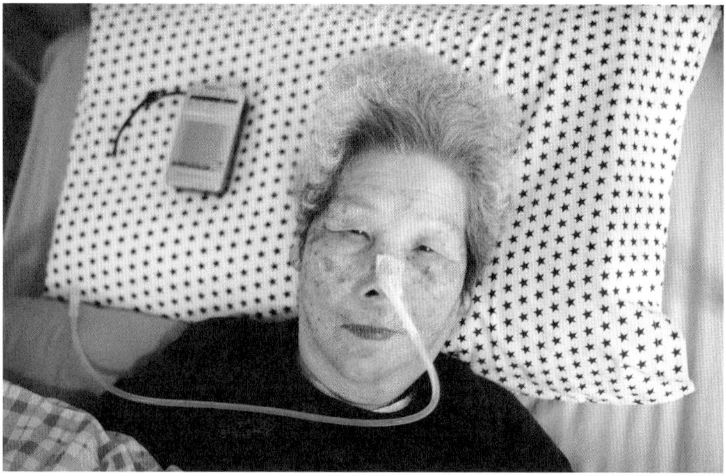

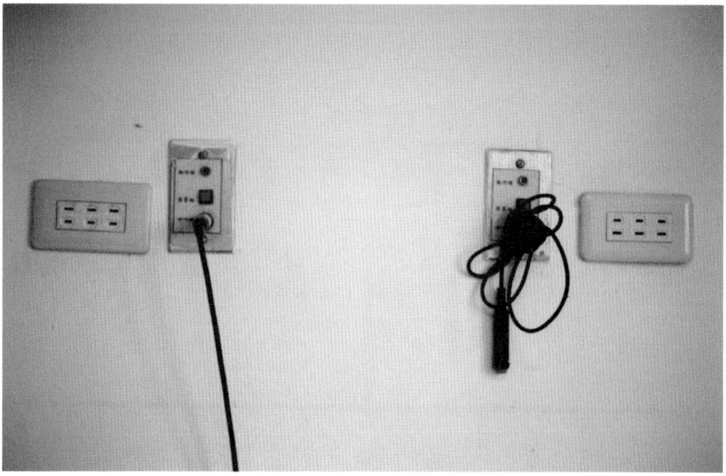

奶奶笑了

我永遠記得奶奶被抱下床時的笑容，
那刻就好像回到以前，
我站在門邊等待，
等她穿好鞋後抬頭對我一笑。

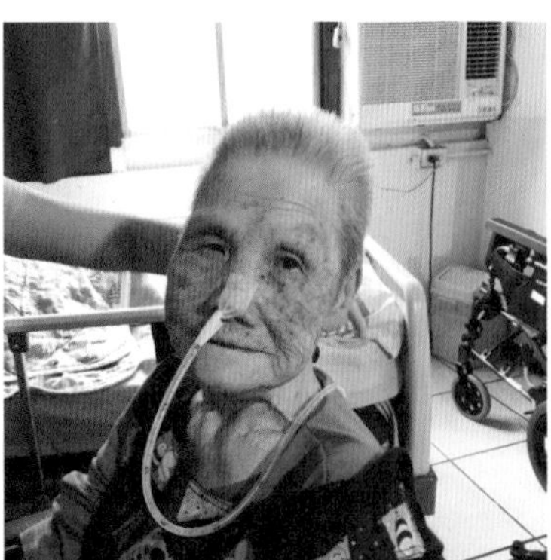

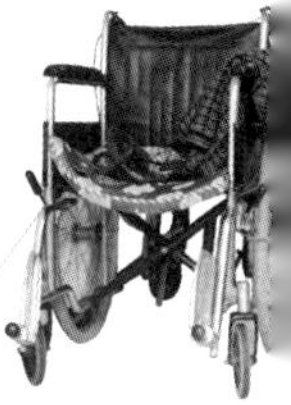

奢侈的回憶

奶奶經過醫生診斷失智已經過了一個月了，雖然生活上各種事情還是雜草叢生，我的心情也還是心煩意亂，但自從上次看到奶奶被抱下床後的微笑之後，就覺得不管奶奶眼神多麼生疏、多麼冷漠，一定還是我所認識的那個阿琴，也漸漸習慣被奶奶無視了（笑）。

上次的聊天過程中，和她說了很多話，工作、家人、感情等，後來每次去看她時，就好像一種心靈療程，雖然不管快樂或難過，都要用放大十倍的動作跟音量來吸引她的注意，但有這麼一個全心全意傾聽的聽眾，真的很幸福。

奶奶以前也算是我的聽眾，只是常常說到後面，就變成我是聽眾，聽奶奶講第八百萬遍的兒時記趣，不認真聽還會被奶奶叨唸呢！最後常常就昏睡在奶奶手臂上。現在想想總覺得是一件奢侈的事！竟然可以就這麼睡著、還是睡在親愛的奶奶懷裡。這樣的想法雖然很像在說笑，卻是發自內心真實的感慨，因為奶奶失智，變得無法溝通和自主生活，有意識的復健根本不存在，中風後六個月的黃金復健期也只能讓認賠殺出，慢慢地，奶奶也將無法自行進食，身體各方面也會更加快速的衰退。

你說，那些年躺在奶奶手臂上聽了八百多遍的兒時記趣，現在想聽都聽不到了，是不是很奢侈的回憶？

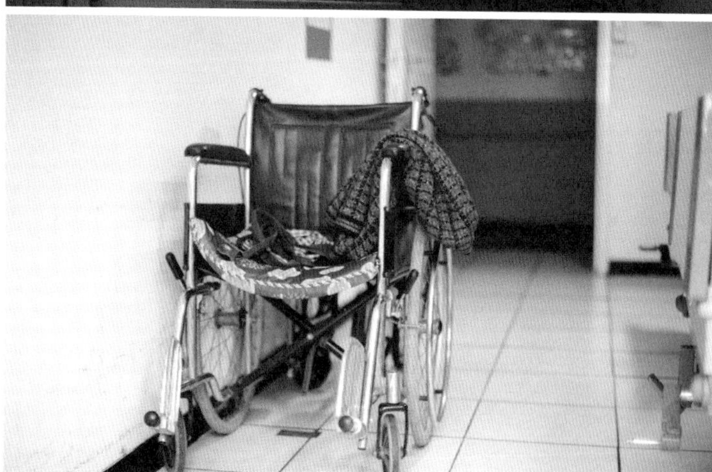

台籍看護（？）

奶奶從中風到失智才短短三個月不到，但身體的急速變化真是讓人措手不及，但幸運的是，人是柔軟的動物，所有不能接受的，終究也能習慣。我開始推著她到不同的地方走走，常常兩人坐在樹下，她發呆，我便靜靜觀察她的變化。

雖然失智會影響許多認知功能，還會改變個性，但奶奶還是奶奶，每當有人經過，她就會盯著人家看，如果對方和她對眼了，她馬上會把眼神移走，害羞的個性每次都讓我坐在旁邊笑到岔氣。

記得某個午後，天氣有點涼爽，我推著奶奶去外頭溜躂，看到很多爺爺奶奶們坐在運動中心外聊天，我想要觀察奶奶遇到一群人會如何，就故意坐在對面，果不其然，奶奶每次對到眼就會把眼神移走，轉向我在幫她按摩的手，過幾分鐘之後再偷偷看回那群人。

正當我入迷的觀察奶奶時，忽然聽到對面爺爺奶奶說：「對面請的外籍看護怎麼會請男生，一般不是都請女生嗎？真奇怪。」

在這之後，每次我去找奶奶時，都會故意用外籍看護的口音和奶奶打招呼（氣）。

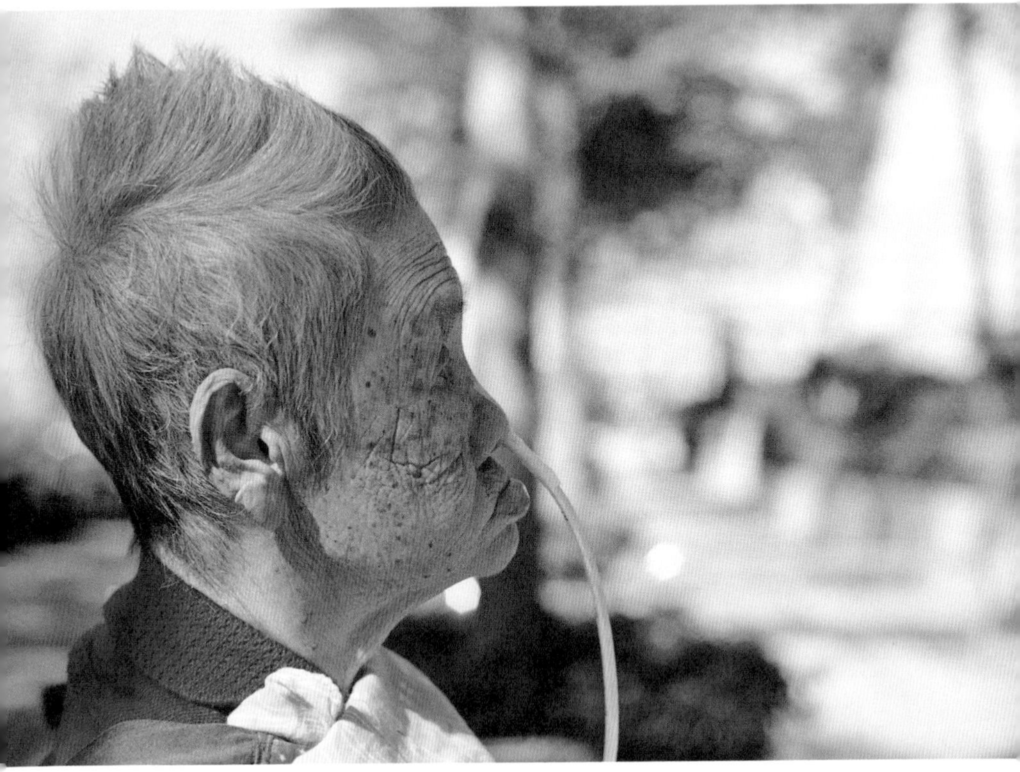

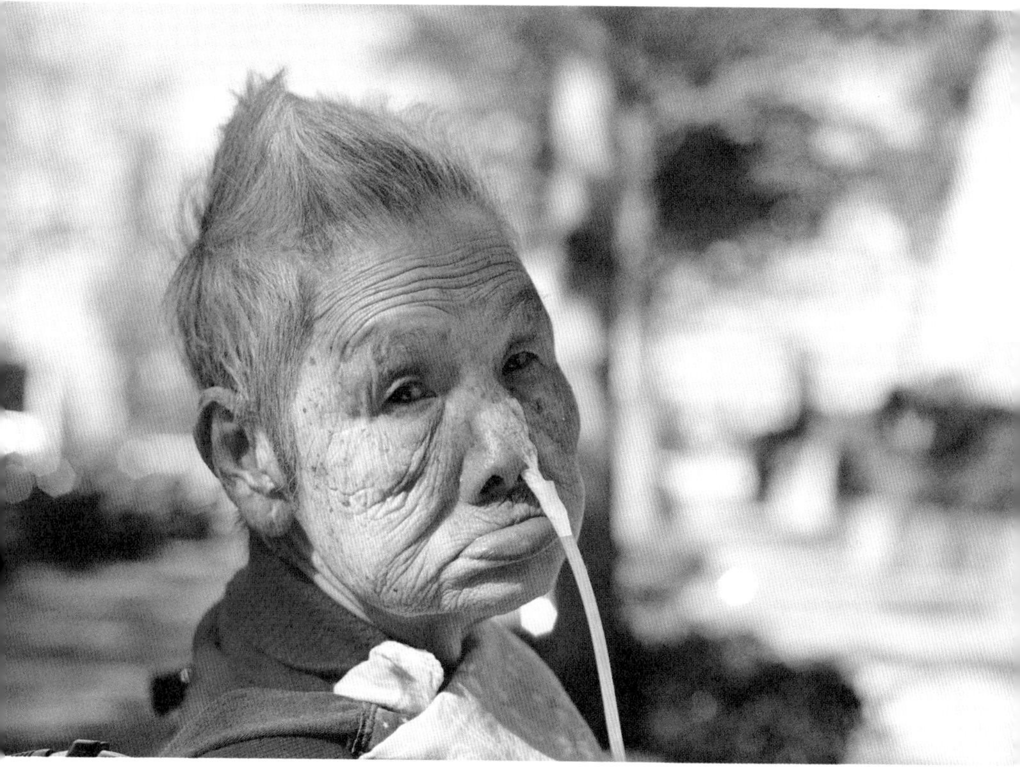

該死的錯

該死！每次想起這件事還是會頭皮發麻，並且滿滿的自責。

天氣轉冷以後，已經好幾個星期都沒有推奶奶出門了，一早醒來看到太陽露臉，趁著氣候回暖，趕緊把奶奶全身上下包緊緊，推到堤防邊遠足，可能是久久沒有出門了，奶奶反應相當不錯，和我的互動也特別認真，我一邊和奶奶玩耍，一邊也幫她把全身都按壓過一次。

奶奶左腦中風，身體右半邊癱瘓沒知覺，所以坐上輪椅時，總是傾向右邊，也因為身體右傾，長時間壓迫同一個位置的話，很容易產生褥瘡，所以一個小時是極限。我看了下時間差不多了，便準備推回養護中心，讓奶奶平躺休息。可能今天出場反應熱烈，一路上我也相當開心，邊走邊拍照，拉著奶奶的手跳舞，還有俏皮地邊走邊把頭靠在奶奶臉頰旁哼著歌，忽然看到路邊開了一些小花，走向前拔了一朵想要送給奶奶，結果轉頭看奶奶時，才發現奶奶的右腳背在地上拖……

這表示剛剛幫奶奶按摩腳後，沒有放回輪椅腳踏板，一路上也沒有注意，就這麼拖著奶奶沒有知覺的右腳在磨地板……我立刻衝過去抬起她的腳檢查，襪子破了個洞，三支腳指和腳背都磨到流血。我趕緊拿衛生紙壓著奶奶流血的傷口，雖然知道奶奶右邊沒有知覺，還是不斷問奶奶「痛嗎？」但奶奶只是面無表情，傻傻地看著我。

回程的路上我不敢推得太快，也不斷探頭檢查，就怕奶奶的腳會再掉落到地上，回到養護中心後，趕緊請護士幫忙檢查並擦藥，讓奶奶上床休息。奶奶依然慣性地抖著腳，不到幾分鐘就睡著了。看著她睡著後，才開始正式檢討以後外出要更加仔細，任何一個環節都不能輕忽。正想走過去請教護理師，走沒幾步忽然湧生的情緒太想哭，就先轉進廁所平復心情。因為奶奶已經承受了許多病痛，實在不應該讓她再受無謂的傷了。

奶奶的腳傷因為糖尿病的關係，傷口過了好幾個星期後才癒合，直到傷口好了我才終於放下心上的石頭，後來每次出門時，都會先固定右腳，避免重蹈覆策，我不願再看見奶奶受傷流血了。

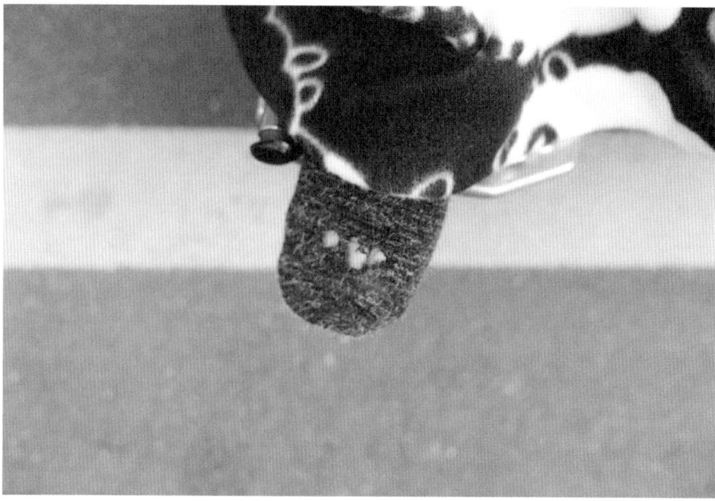

某次看護不小心讓奶奶穿到磨破的襪子時，我拍下來提醒自己要更仔細。

阿琴找車位

來養護中心後，有很多和奶奶的相處習慣改變了，其中一個改變是需要吸引奶奶的注意。

失智後的奶奶，常常活在自己的世界裡，空洞地看著眼前發呆，不管你怎麼叫她都不會回，就算回了也只是搖頭後就不理了。這反應常常讓我不知所措，後來才發現看護們進來房間為其他人拍背時，全部都是叫「奶奶」，久了很多人都不想回應，因為她們不知道到底在叫哪個奶奶。

後來我就改口叫她的小名，結果奶奶馬上轉過頭來看著我，不管幾次都會有很大的反應，從此以後，我若要吸引她注意，都會叫她小名「阿琴」。互動關係重新建立，雖然還是要花很多力氣刺激她、逗她笑，哪怕奶奶給我一個眼神、搖頭或揮手，都讓我覺得是一種進步。

隨著奶奶不理我的日子越來越長，我也越來越習慣了，雖然有時候還是希望她能想起一點什麼，但這樣好像也沒有什麼不好，就忘掉自己是個病人、忘了不能回家這些事吧。雖然這都是我自己內心所想的，但也希望她真的是這麼想的。

雖然奶奶不太理我，但我還是玩心不變的，開始推著奶奶做一些奇怪的事。例如：找車位。讓奶奶的輪椅停放在一些地點，配上她「遺世而獨立」的神情，是最可愛、最傲嬌的阿琴。

24H
月租
臨停
20元/H

線嚴禁停車
者拍照拖吊

阿琴找車位

婆與媳

奶奶住進養護中心後，陪伴奶奶的人當然不只我，還有金孫爸、金孫媽、大哥、二哥及親戚們，每個人來陪伴奶奶的方式都不同，有的人很安靜的坐在奶奶旁邊，簡單幾句問候，然後開始看書；有的人來幾分鐘就離開，因為害怕養護中心的氛圍，更是害怕死亡；有的人一年只來看不到幾次。其中讓我覺得佩服不已的就是金孫媽。

金孫媽每天一早醒來，就開始張羅家務事，四點下班後，她會先來養護中心陪奶奶，到六點左右才離開，回家沒休息，繼續忙裡忙外、煮飯做家事，大約九點後才能真正坐下休息，常常晚上十一點左右就在沙發上打盹。雖然每天要處理這麼多事，但她總是盡力把這些事做好。

金孫媽是很傳統的女性，遇到很多性別不平等的事，總是默默忍下獨自完成，這點和奶奶很像。爺爺跌倒後到臥床這段日子，日常的照顧很多都是金孫媽處理的。爺爺過世以後，沒想到奶奶也病倒了，金孫媽就接續著這家族的責任，每天幫奶奶洗澡、照顧奶奶的生活起居。

有時候看著奶奶及金孫媽這兩位女性，都為她們感到心疼，在她們那輩的教育下，男性雖然承擔養家的壓力，但其實抗壓性並沒有很高，而且是以情緒為出口，就是所謂的「大聲就贏了」，但仔細探究就會發現論點完全錯誤，也因為抗壓性不高，遇到重大及突然的變故，就無法好好處理，最後還是落在女性肩頭上。

有時平日休假去看奶奶時，會看到金孫媽在幫奶奶按摩，每一次我的台詞都是催促金孫媽快點回家休息，因為我知道她真的好辛苦。偶爾幾次會看到金孫媽趴在奶奶床邊睡著，除了不捨之外，也深深為這對婆媳感到慶幸，還好在這樣的家族中，她們還能是彼此的支柱。

徽粗工

奶奶的日常

我一直很喜歡觀察身邊的人，週末養護中心開門後，我會盡量選在不同的時間去看奶奶，這樣可以發現奶奶的精神狀態不太相同，反應也不一樣。

早上九點

一早的精神都算不錯，有時候一看到金孫會張大眼睛，並跟著金孫一起笑嘻嘻，而且抓手的力道都還算不錯。

中午十二點

如果沒有推她出門，她就會進入睡眠模式，不管怎麼樣都不太理人。夏天時我會推著她去樓下的便利商店，坐在那裡吹冷氣，這時候請她做些指定動作，還算乖巧願意配合。

下午兩點

中午如果有睡個覺就會精神飽滿，如果沒有，下午不管推到哪裡，只要靜止一分鐘沒動，馬上就會睡著，所以我會一直推著她走很多景點。常常一個小時結束，我也陣亡了。

下午四點

這時候的奶奶常常讓我像雜耍團般，十八般武藝都要展現出來，好讓她能保持清醒，並且還要讓她連成線的眼睛，願意看著我好幾秒，如果這時候還願意乖乖聽復健指令，晚餐真的可以含淚吃好幾碗飯。

晚上六點

盡量不要推她出門。

觀察奶奶的精神狀態，常常讓我感覺回到以前一起生活時，知道奶奶什麼時候會特別沒精神，什麼時候是活躍期，好像小孩一樣。雖然這些紀錄能幫助自己知道什麼時候要做哪種復健比較好，但還是能感受到奶奶又開始一天一天的變弱，如果一陣子奶奶都是沒有精神或是昏睡的，幾次後奶奶的狀態就會改變，而且不是變好的那個方向。

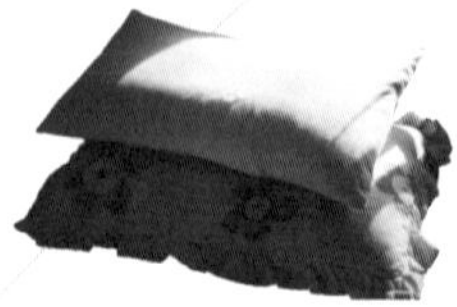

同居室友

奶奶和其他三位阿嬤住在同個空間，四人床是並排的，從窗邊到門邊分別是安靜阿嬤、奶奶、開朗阿嬤、活潑阿嬤，每次前往，只要有人醒著，我就會和她們打招呼。

安靜阿嬤是全身癱瘓，連頭都無法轉動，每天一早會有人來幫她全身按摩。安靜阿嬤很常張大眼睛看著我用誇張的肢體語言和奶奶聊天，有時候自己說到一半都會不好意思，感覺好像吵到她了。

開朗阿嬤是意識清楚，也願意和別人對話聊天的人，有時候和奶奶聊到一半，她也會加入，而且也是優秀的訪客管理員，會幫忙記下這幾天來看奶奶的人，很像警衛，讓人感到安心。

而最後一位是靠近門口的活潑阿嬤，因為中風嚴重，說話相當不清楚，但還是不斷的說話，每天下午老伴都會來陪陪她，除非那天大風大雨不便出門。

其實，我一直很想要聽聽三位鄰居阿嬤的故事，為何住進了養護中心？生了幾個小孩、生病前是在做什麼事呢？最喜歡的事是什麼？但不太敢問，因為這裡總有種令人感到傷心的氛圍，所以每次都會刻意保持一點距離，避免造成他們的負擔。

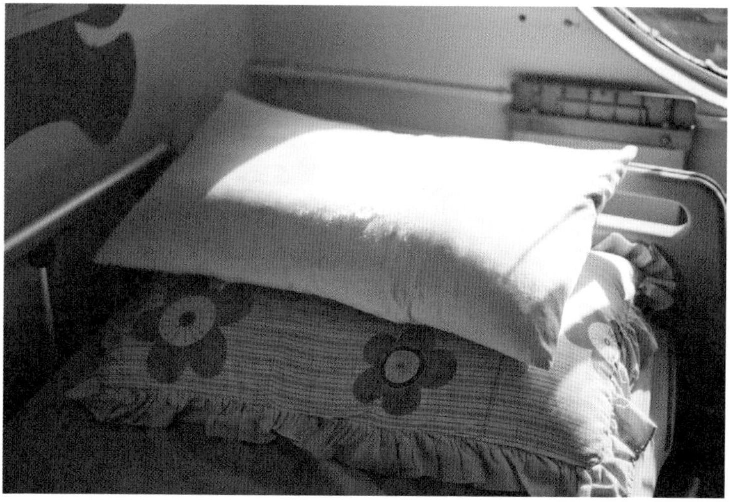

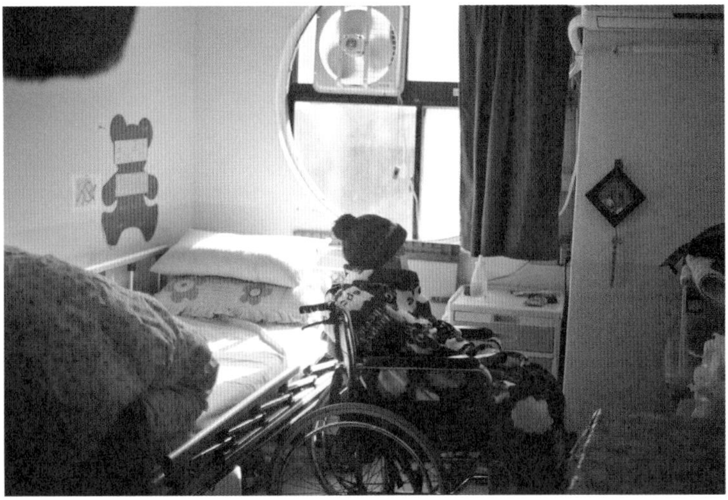

去妳想去的地方

因為即將要出國前往西藏旅遊，出國前推著行李箱去看奶奶，畢竟要七天後才會見面。記得那時候是五月底，天氣慢慢變熱，推著奶奶到樹陰下，風緩緩地吹著，奶奶一直打瞌睡。奶奶中風已經二年半了，加上失智後，流質食物讓奶奶的體態不再像以前一樣豐腴，頭髮也為了方便照顧通通剪短了，奶奶全身的肌肉萎縮相當嚴重，睡覺時間越來越長，反應越加微弱，也漸漸習慣幫她按摩時，看她緩緩入睡了。

一邊按一邊和她說西藏的行程、要準備的行李，還有高山症的問題等等，但奶奶大約只有十分鐘是醒著的，再來就越睡越歪，我只好伸出手撐住她的頭，就這樣維持了大約十多分鐘，看著她怎麼叫都叫不醒，只好送她回養護中心休息。

回程的路上，用了很奇怪的姿勢讓奶奶睡在手臂上，避免她重量都壓在右邊，直到奶奶上床後，才在她的額頭上親了一下，並在她耳邊說了幾句話後，看她還是睡得很沉，就離開前往機場了。

從西藏回來後，六月的工作相當忙碌，每次有點疲憊去看奶奶時，她總是在睡覺，幫她按摩完後就回家休息了。之後就再也沒有看過奶奶清醒了，或許她有聽進去金孫最後一次跟她說的話吧。

「想要離開就離開，不要被我們影響了，去妳想去的地方，去過妳想過的生活，我們也會跟妳一樣好好走下去。」

第四章 告別

在半夢半醒之間，
還是隱約感受到躺在病床上插滿管子的奶奶，
隨著大口呼吸而全身微微起伏的樣子。
直到手機震了一下才醒來，
看著黑暗中手機發著光，
有點擔心，但不想起來查看，
你不知道那是朋友的問候，還是奶奶的離去。

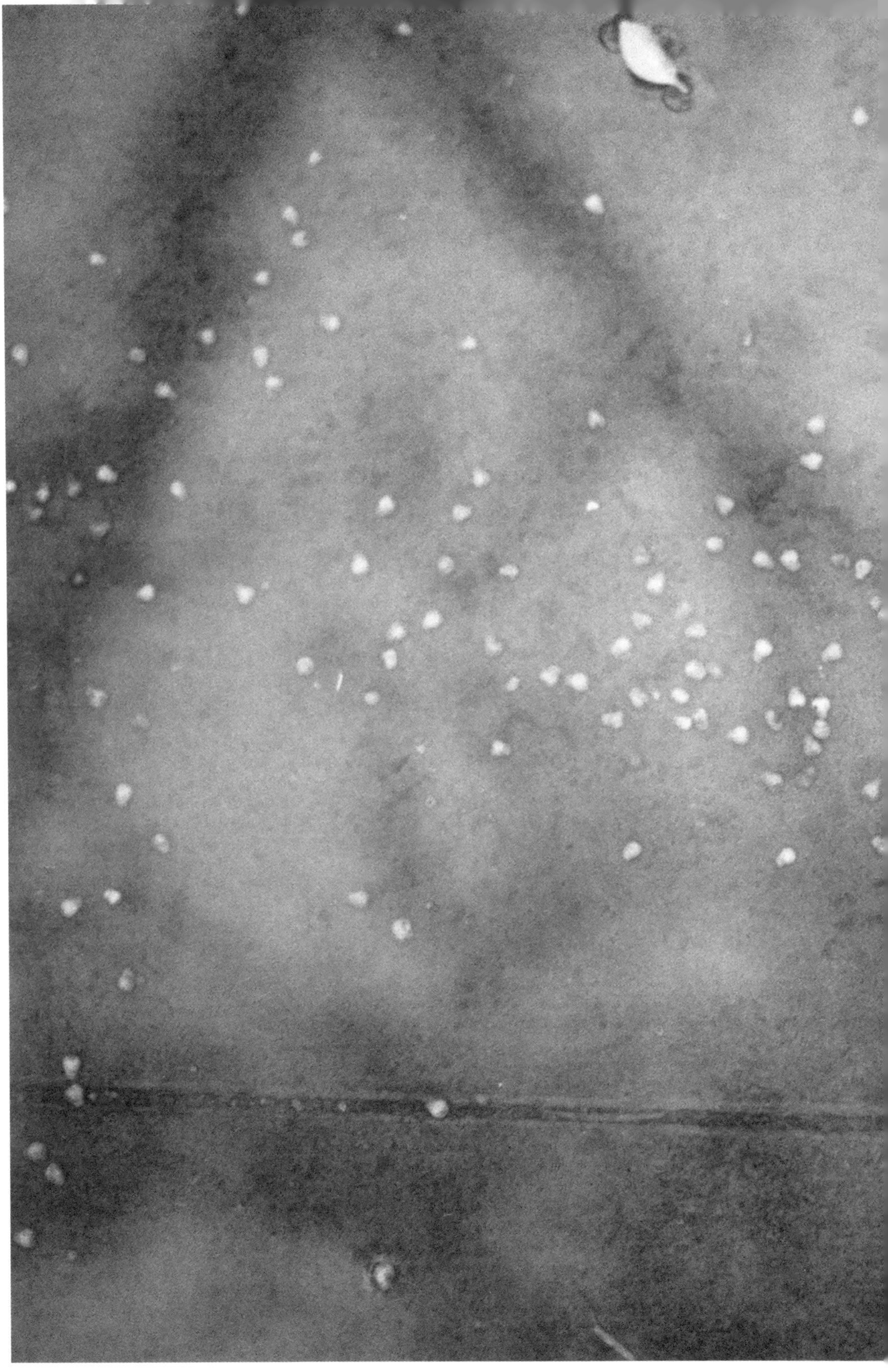

倒數

從西藏回來後，每次來養護中心總是看到奶奶在睡覺，不論早晚都是，但按按手、摸摸額頭，仍會看到她皺著眉頭、揮揮手，這些動作讓我感到安心，好像跟平常一樣。直到某天養護中心打電話來，告知奶奶的心跳變慢、血壓變低，建議送去大醫院觀察，這時候才會連結起為什麼奶奶這陣子一直在睡覺，每當懊悔沒有早點發現時，總感到心臟被捏住，憋了一口長長的氣，直到大口呼吸好幾次才能放鬆。

起初對奶奶的病情還充滿信心，以為就像平常一樣，進去觀察幾天就可以出院了。但這次有點不同，我可以感覺到奶奶的呼吸比以往更加用力，這種不安感，讓我只要有空就會去醫院陪陪她，聽著儀器的聲音，配上她越來越用力的呼吸聲，雖然每一下都伴隨著恐懼，卻還算安心，因為她還努力著。中間有幾次，心跳明顯變更慢，每口氣都吸地更用力，有幾次吸到一半停住，都會讓我不由自主地跟著用力吸氣，好像在代替她吸這口氣。我在腦中反覆練習，在奶奶選擇要離開時，堅強地跟醫生說「讓她走」，只是這份堅強沒過多久，就完全被打碎了。

儀器不斷發出聲音，血壓持續偏低，護士詢問是否要打針讓血壓上升些，回覆的短短幾秒，嘴巴好像千金重，怎樣都開不了口，最後才擠出「不……要，我捨不得讓她這樣活著」，護士給了一個有點溫暖卻又看破一切的笑容，然後離開。我冷靜幾分鐘後，打了電話告訴金孫爸，他有別於以往的口氣，緩緩地回了：「你決定就好，沒有關係。」掛了電話後，把臉湊近奶奶的臉，感受她吐出來的氣，因為這幾口氣都像在倒數。

對不起

陪奶奶整天後，晚上回家，躺在沙發上休息，明明只有靜靜地坐在奶奶旁邊，但疲憊卻佈滿全身，每口氣都好沉重，需要不斷的用力才能呼吸，就好像奶奶一樣。

就這樣發呆了好一陣子，才緩緩睡著。在半夢半醒之間，還是隱約感受到躺在病床上插滿管子的奶奶，隨著大口呼吸而全身微微起伏的樣子，直到手機震了一下才醒來，看著黑暗中手機發著光，有點擔心，但不想起來查看，你不知道那是朋友的問候，還是奶奶的離去，所以心中暗自祈禱不要馬上有第二封，但是接連的馬上傳來了三個震動後，「不能逃了，必須要面對了。」

螢幕上顯示著「奶奶離開了……」雖然準備好了，但還是感受到無聲的重擊。

腦中開始反覆念著跟奶奶說過的一段話：「想要離開就離開，不要被我們影響了，去妳想去的地方，去過妳想過的生活，我們也會跟妳一樣好好走下去。」

不斷不斷的念著，騎車時刻意騎很慢，有時候還會停下來發個呆，直到醫院門口時，還是重覆念著這句話。但當走到奶奶的身旁，看到奶奶身上所有的管子被拔掉，因為中風長年躺在床上而身體彎曲、沒有遮蔽的展露在眼前，忽然內疚感升高，把前面不斷複習的想法完全打碎，碎到無法承受她的離去，開始感到抱歉，為什麼當初不選擇打針、急救，任何一種方法都好，只要能讓她活下去。

「對不起、對不起、對不起、對不起……。」

不斷在腦中重覆這三個字，整個人陷入情緒裡，忽然，金孫爸很大力地拍了我的肩膀好幾下，這動作取代了口語上的安慰，好像在告訴我要堅強，要好好的活著、相信著，那幾下的力道一直在肩膀上持續好久，就這樣我才慢慢從內疚的情緒中冷靜下來。

妳在哪裡？

連夜把奶奶的後事安排好後，已經是天亮了，回到自己的住處，翻開的書、未關機的筆電、沙發上被子擠在一旁，和剛出門的狀態一樣，沒有任何一個東西改變，但是奶奶已經從病床上，移到冰櫃裡了。躺在沙發上不到幾秒就真的睡著了，沒有夢到奶奶，醒來時已經接近中午，因為和朋友有約，快速準備出門，其實可以用奶奶離去的理由推掉，但希望能透過一些外在的事物，讓自己分一點心，不要沉溺在這樣的情緒裡。

因為在私人臉書發佈了奶奶離去的訊息，朋友一見面都給予了大大的擁抱和關心，也可以感受到朋友很細微的照顧，但為了讓自己在群體裡情緒不要太過於突兀，每個話題都用力擠出一些想法，但常常在大笑完後，內心好像有個很大的力氣，大力的揪著，快要不能呼吸。

記得那天和朋友走到捷運，說說笑笑地道別後，一個人走下捷運時，一直緊緊抓住的情緒，才忽然好像鬆開一樣，開始在捷運上痛哭……壓抑的結果反而讓自己無法真正的放鬆下來，我才開始推掉所有的邀約，正視奶奶的離去。

我一直是個不迷信的人，但這陣子的想念，實在太深太深，所以每晚睡前都會叫奶奶的小名，簡單的說說今天發生的事情，問問她今天會不會來夢裡找我，但不知道為什麼，就是無法夢到。

奶奶，妳真的離開了嗎？

就這樣到了頭七這天，全部親戚擠在第二殯儀館地下室的小小空間裡，雙手合十地聽著法師們誦經，這過程有點出神，因為連日工作加情緒濃縮的關係，相當疲憊，有點昏昏欲睡。直到法師請金孫爸用二個硬幣擲筊問問奶奶是否回來，連續二個聖筊後，法師繼續念經，大家依舊安靜雙手合十，我卻相當激動，開始不斷在這小小的空間裡尋找奶奶的身影，因為真的好想奶奶，這會不會是和她最後一次這麼靠近，愛吃甜食的她會不會在供品那邊張望，還是在紙錢區把錢收進皮包？

但是怎麼找就是找不到，直到頭七結束時，我還是沒有找到任何她回來的訊息。

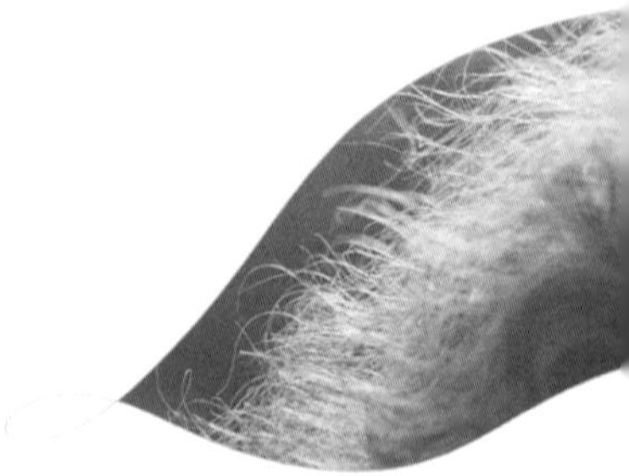

不要回頭

奶奶離開後，日子還是一樣，只是週末少了養護中心看奶奶的行程，忽然不知道要幹嘛，情緒一直卡著，症狀就像分手一樣，頓時間失去一個習慣，不知道怎麼解決，不斷跟自己說要好好的，要好好的，但越說越覺得自己無法好好的。

就這樣到了告別式那天，站在奶奶的靈堂前，看著我為她選的照片，那是奶奶還很健康、到處跟著我出門玩樂的某張照片，記得要拍那張照片時，奶奶還一邊跟我鬥嘴，宏亮的聲音，好像還是在耳邊嚷嚷著。

越來越接近告別式的時間，看到葬儀社的人員在後面進進出出，就知道奶奶的遺體已經在靈堂的後面了，但還是沒有什麼動力走去看，害怕在儀式還沒有開始時，已經哭了，害怕輕易用掉最後一次看她的機會。我一直強忍著不要太專注想這些事，不斷找事做，但不管做什麼，都難以忽視，奶奶就躺在那個方向，好像磁鐵一樣，總有個力道緊緊抓著我。

當儀式開始，司儀叫到的人，都要走向前跪拜。輪到我時，內心還是湧出很多的後悔和遺憾。記得在奶奶中風二年左右，已經反覆的告訴自己，為了奶奶好，就要祝福她快點離開這身體，不要被這軀體束縛，但等到奶奶真的離開那一刻，那種傷痛不斷壓過這份祝福，就算再努力陪伴，做的再多，還是一樣感到疼痛。這種疼痛在告別式這天持續發作，這對於容易糾結的我來說相當痛苦，因為要逃出「後悔」，便需要更強大的力量來說服自己，這無法在一時半刻內完成。

帶著這份還無法消化的痛苦，來到靈堂的後面，奶奶躺在棺材裡，因為放在冰櫃一陣子，全身有點萎縮，臉上的妝太白、嘴唇過紅，一點也不像她，只有靜靜躺在那裡、不發出任何一點聲音，這種安靜才是我所知道的奶奶，但你知道她不會再回應了。在快要無法承受時，情緒忽然變得極度平靜，這是我最大的保護機制，一直以來只要遇到大事件，情緒就會一瞬間收起來，平靜的好像世界沒有半點聲音，也沒有任何事能打擊你了。

「不要回頭看奶奶」，儀式人員在旁邊提醒著，這句話成為未來好幾個月，每次想奶奶時都會想到的話。

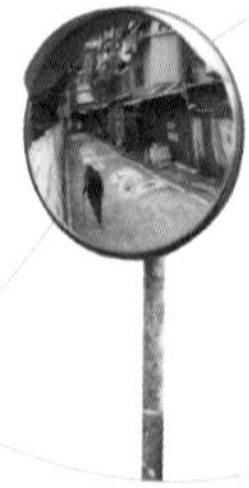

感覺不到妳了

距離奶奶離開已經好幾個月了，情緒還是偶爾高高低低，每晚夜裡還是會對她說幾句話，但總還是沒有任何回應，有時候覺得這種想法很荒唐，但就是想用盡各種方法嘗試看看。一陣子後，對於「想要感覺到奶奶的存在」這想法，越來越薄弱，但越是找不到，越是低潮，也越不敢跟身旁的人說明這個想法。

正視死亡是一件相當私密又不能隨便開口求救的事，因為很有可能會把未曾感受過愛人離去的人，推進一個黑暗裡，所以我無法開口。

有時候聽朋友說起某某「看的到鬼喔」，我總笑著說「好好喔」，但也總被朋友罵說不要亂講話，只是他們不知道我是認真的，因為真的很想再見奶奶一次。

某天忽然看到張惠妹〈身後〉的MV，畫面從清洗大體、冰櫃、入棺、火葬、入塔，在狹小的空間裡緩緩接續著，但這也是離去的人會經歷的一切，也是皮囊最後的束縛，最後自由了。MV裡的人像是不斷在尋找什麼，直到畫面全黑，出現了一行字——

「可是我感覺不到妳了。」

這一瞬間我懂了。理解奶奶後，發現她被這個社會的父權主義歧視性別、被同樣是父權主義的受害者傷害、被腦部小血管限制身體、最後被失智帶走意識。從奶奶的離去，到頭七的聖筊，及躺在棺材的最後一幕，我都在尋找她，但這反而是一種束縛，是一種對她最大的束縛，當離開了這副皮囊時，她就已經自由了，她清醒且無病痛的離去了，不是我感覺不到她了，而是她的自由應該被祝福，不該再被我們找到了。

記得電影《百日告別》裡面有一段話：「以前曾經有人問說，那些繁瑣的儀式，到底是為了亡者而做，還是為了活人而做？是不是不做那些儀式，留下來的人就沒辦法放寬心往前走？但除了儀式，每個人還是要用自己的方式走出來。」

我想，我找到答案了。

092

奶奶，再見。

你的遺憾我都知道

謝謝你讀完這本書，陪我一起想念奶奶。這一段與奶奶同行的日子，雖然她步伐緩慢，但是我卻總是感覺自己追不上她，追不上她的年輕時代，也追不上她的老化速度，我總是在她身後看著她，而今也只能在她身後想念她。

這樣的過程你也許走過，也許尚未走到，也或許正在經歷，無論是哪一種情況，我都想告訴你：一定要好好的喔！但也必須像是打預防針一樣，希望你勇敢面對可能產生的後遺症——遺憾。縱使我已經盡可能地陪伴奶奶，但遺憾仍是如影隨形地冒出襲擊你，如在奶奶眉頭深鎖的時刻、在她病情加重的時刻，你無法逃離那種沉重的失去感。

不管你多麼努力避免，遺憾卻終究無可避免。那可能是一個生命的消逝、一段關係的結束，說到這裡其實心還是會痛痛的，但有時候好像也只能兩手一攤，接受這個遺憾，就這麼繼續過日子，這大概是人生既無奈又必然的地方吧。

有趣的是，遺憾不會永遠存在的，離開的人會在某天某刻，透過各種形式告訴你，「可以放下這份遺憾了」。也許是一個笑容，一張照片，一個聲響，你終會得到那個只有你懂的暗示。

在暗示還未來臨前，就讓我們一起擁抱遺憾，然後好好過日子吧！

奶奶來了！
從陪伴到送別，我與奶奶的 1825 天交往日記

文、攝影／金孫（賴思豪）
美術設計／方智弘
主　　編／林巧涵
執行企劃／王聖惠

第五編輯部總監／梁芳春
發行人／趙政岷
出版者／時報文化出版企業股份有限公司
10803 台北市和平西路三段 240 號 7 樓
發行專線／（02）2306-6842
讀者服務專線／ 0800-231-705、（02）2304-7103
讀者服務傳真／（02）2304-6858
郵撥／ 1934-4724 時報文化出版公司
信箱／台北郵政 79 ～ 99 信箱
時報悅讀網／ www.readingtimes.com.tw
電子郵件信箱／ books@readingtimes.com.tw
法律顧問／理律法律事務所 陳長文律師、李念祖律師
印 刷／勁達印刷有限公司
初版一刷／ 2018 年 6 月 15 日
定　　價／新台幣 300 元

行政院新聞局局版北市業字第 80 號

ISBN 978-957-13-7432-1 ｜ Printed in Taiwan ｜ All right reserved.

時報文化出版公司成立於一九七五年，並於一九九九年股票上櫃公開發行，
於二〇〇八年脫離中時集團非屬旺中，以「尊重智慧與創意的文化事業」為信念。

奶奶來了！從陪伴到送別，我與奶奶的 1825 天交往日記／賴思豪 ・ 文、攝影
-- 初版 . -- 臺北市 : 時報文化 , 2018.06
ISBN 978-957-13-7432-1(平裝) 855　107008418